그 시절 나는 강물이었다

이학준

별빛들

그 시절　　나는　　강물이었다

일러두기

작가 특유의 글맛을 살리기 위한 작가 요청에 따라 비문 및 사투리가 포함되어 있다.

이 책은 이학준 작가의 독립출판물 『괜찮타, 그쟈』에 수록된 글 일부가 포함되어 있다.

당신의 뱃머리가 향하는 곳 없더라도
노를 내려 물결 띄우는 탓에,
그 시절 나는 강물이었다.

「은사」 중에서
思師

머릿속이 복잡한 날에는 옷장 안 아끼는 코트의 주름
마저도 근심스럽다. 그러나 힘든 다림질을 감행해 줄 누구
도 지금 내 옆에 없기에, 나는 코트를 꺼내 몇 초간 보다가
도로 집어넣는다. 애초에 펼치고자 하는 의지 따위란 없었
는지도 모른다. 그냥 옷 주름 깊숙이 고여 있는 나를 한 번
보고 마는 것이다.

　때마침 며칠 동안 방치해 두었던 설거지거리들이 생각
났다. 저것만큼은 내가 새 그릇 못지않게 잘 닦아 줄 자신
이 있다. '레스토랑 알바 경력만 몇 년인데 이 정도 설거지
쯤이야.' 하면서 무심코 하수구 뚜껑을 열었는데, 거기에
음식물 찌꺼기가 가득가득 하다. 내 손엔 이미 고무장갑이
끼워진 상태고, 나는 그 자리에 서서 어쩔 줄 몰라 했다.

　그런 날이 있다. 비 맞은 잔디처럼 금방은 물기를 털어
낼 수 없는. 그럴 때는 만만한 하루를 행인 삼아, 나를 밟
고 지나가는 행인의 발목에 물기를 묻혀보자. 행인도 잔디
를 안타까워 여겨줄 게 분명하다.

누군가를 사랑할 때, 이 사람을 사랑하지 않았던 지난날을 떠올리기란 끔찍하다. 그 누구도 사랑하지 않았던 나는 도대체 무엇을 붙잡고 살았을까. 오직 해만 사랑하는 '꽃'들도 밤이 되었다고 해서 다시 꽃잎을 다물지는 않는다. 이 사람을 사랑하지 않았던 내 지난날도 해를 기다리는, 아침이면 잊혀질 꽃의 인고와 같은 걸까.

글을 쓸 때, 전주부터 소름이 돋는 어떤 노래를 들을 때도 마찬가지이다. 글쓰기를 시작하지 않았더라면, 이 음악을 다운받지 않았더라면 하는 상상은 아주 먼 나라에 가 있다. 결론은 누군가를 사랑하고, 글을 쓰고, 음악에 체온을 빼앗기는 것밖에 나는 못 한다.

문제는 지금부터다. 안전장치도 없는 내 마음은 '힘든 생각'에게도 쉽게 문을 열어 준다. 그러고는 이 생각이 문밖으로 나갈 생각을 안 한다. 나는 숨을 내쉴 때마다 '힘든 생각'을 한 번씩 거쳐 가야 했다. 마치 시간이 다 되었다는 듯, 그것은 들어올 때처럼 소리 없이 나를 나가주었다. 그리고 내 마음에는 작은 안전장치 하나가 만들어져 있었다.

오늘 밤 공원을 산책하다가 본 꽃 한 송이 때문에 이 글을 쓴다. 요즘 나는 불행인지 다행인지 누군가를 사랑하지도, '힘든 생각'에 마음의 문을 열어주지도 않고 있다. 고개 들어 하늘을 보니, 보름달이 한참 걸음 전과 똑같은 자리에 걸려 있다. 항상 그곳에 있어주는 이가 너라도 있어 참 다행이다.

16p 젖은 낙엽

문득 나그네가 밟고 지나가도 바스락 웃으며 부서지겠다 하는 각오로, 낙엽들은 아스팔트 위를 그렇게 누워 있다. 수업 종이 울리자마자 급식소로 몰려가는 허기진 배들이 그 수줍은 각오를 알아차렸을 리 없다. 그나마 가을을 겸연쩍어하며 교복 깃을 한번 세워보고 마는 동작들이, 발치의 낙엽은 못내 아쉽다.

세워진 지 채 스무 해도 안 되는 고등학교를 나는 버티듯이 삼 년 다녔다. 그때 무슨 오기가 작동해서 그랬는지, 다들 성적에 맞춰 경주에 있는 고등학교를 선택할 때 나만이 타지에 나가보겠다고 당차게 선언했었다. 성적이 썩 나쁘지 않았던 덕분에 다들 내 선언을 수긍하였지만, 그들 중 누군가는 저게 호들갑을 떤다고 속으로 날 흠잡았을 테다.

내게 동의를 구하지도 않았으면서, 입학과 동시에 고등학교는 내 하루를 자기 마음대로 사용하기 시작했다. '입시'라는 명목 아래 기상시간부터 취침시간까지 모든 일과가 정해져 있었고, 그것을 어기는 즉시 회초리가 내려졌다. 결국 나는 기숙사 방 침대 이불을 뒤집어쓰고 다음 날에 대한 각오를 다져야만 오늘 겨우 잠들 수 있었다. 이듬해 봄, 교정에 기쁘지 않게 핀 벚꽃을 보고서야 소중한 것들이 더 이상 가물거려서는 안 됨을 깨달았다. 나는 빨리 이 사실을 가족들에게 알리고 싶었다.

"아빠, 엄마. 그러니까 나 다시 경주로 전학 보내줘."

한 달에 딱 한 번 주어지는 기숙사생들의 외박 날, 나는 아빠한테 뺨을 한 대 맞고서 학교로 되돌아와야 했다.

또 복도를 지키고 있을 감독 선생님 눈을 피해 비 오는 창문 밖을 내다보았다. 균열 하나 없는 아스팔트 교정이 요란스럽게도 빗물을 튕겨내는구나 싶다가, 널브러진 낙엽 위로 두 귀가 모여들었다. 품었던 각오들을 내려놓는 소리가 처량하게 들려왔다. 젖은 낙엽의 신세이니, 이젠 나그네의 보통 걸음에 부서질 수조차 없겠구나. 그때 당장은 알지 못했다. 책상에 앉아 교실 안을 견디는 내 신세 또한 그것과 별반 다르지 않음을 –

바람은 별 뜻도 없이 부는데 강은 그걸 일일이 다 기억하려 물결을 낸다. 연약하면 수고스러울 수밖에 없다는 세상 이치 같아서 나는 그 광경을 한참 동안 바라본다. 물결은 차례도 없이 생겨나기만을 계속했다. 그러다가 문득, 위하는 마음으로 바라보던 내게 되려, 네 속은 왜 그리 굳은살이 앉았냐고 강은 물어왔다.

중학교 때 나는 소심한 남학생이었다. 발표 같은 것은 곧잘 했지만, 감추는 것이 있어서 소심해질 때가 많았다. 새 학년이 되면서 하는 담임선생님과의 일대일 면담은, 내가 가장 피하고 싶은 때였다.

2학년이 되고 얼마 정도 흐른 날이었다. 선생님은 미리 거둔 '가족소개서'를 겹쳐 들고 서서 1번부터 한 명 씩 복도로 부를 거라 말씀하셨다. 그리고 선생님을 따라 1번이 밖을 나가자, 교실 안은 철새 떼가 날아들어 온 듯 한꺼번에 시끄러워졌다. 나도 무리와 함께 별 걱정 없이 이동하는 철새가 되고 싶었다. 그러나 내 번호에 가까워 올수록 불안한 마음은 어쩔 수 없었다.

복도로 나오자, 선생님은 따로 마련된 책상에 앉아 내가 써 낸 가족소개서를 보고 계셨다. 그리고 체육선생님 특유의 헤매는 곳 없는 말투가 나를 자리에 앉혔다. 아직 한참은 큰 교복이 오늘따라 더 무겁고, 그 속의 나는 참 작게 느껴졌다. 그날도 선생님 근처엔 담배 냄새가 났다. 첫 마디로, 매번 백일장에서 상을 타는 내가 신기하다고 말씀하신다. 나는 어색하게 웃으며, 마음이 솔직하게 묻어나는 선생님의 얼굴을 알게 된다. 그러다가 선생님 눈이 가족소개서의 아버지 직업란을 읽었고, 그 얼굴에 어떤 마음이 묻어날지 대충 가늠이 되었다. 종이 위 빈 칸에 적힌 '상업'은 누가 봐도 내 손글씨였다.

"아버지 장사하시나 보네. 무슨 장사 하시노?

"……방앗간 하시는데요."

복도에 아무도 없었지만, 누구도 못 듣게 나는 작은 목소리로 말했다. 지금까지의 선생님들은 비슷비슷한 반응이셨다. 내 부끄러움을 이해하겠다는 듯 몇 초간의 정적이 흐르는 것이었고, 그 몇 초는 나를 더욱 부끄럽게 만들었다. 그런데 이번에는, 내 대답이 끝나기 무섭게 다른 이야기가 이어지고 있었다.

"이야, 니는 떡은 실컷 먹겠네. 그럼 집에서는 니 글 잘 쓰는 거 아시나?"

"네에……… 아니요?"

면담을 마치고 교실로 들어오면서 나는, 지금이 봄이 풀리는 새 학기라는 걸 알게 되었다.

학창 시절엔 누구라도 감추고 싶은 게 있다. 나는 유독 그것 때문에 마음이 흔들흔들거렸다. 그래서 일부러 교복 바지 단을 줄여서 다녔고, 머리엔 염색물을 들였다가 뺏다가를 반복했다. 그러면 더 이상 흔들거리지 않고 육지처럼 무뚝뚝해지는 줄 알았다. 그러나, 중학교 2학년 때의 담임 선생님은 내가 육지의 적막을 샘 할 때마다 계속 노를 내리셨다. 당신의 뱃머리가 향하는 곳 없더라도 노를 내려 물결 띄우는 탓에, 그 시절 나는 강물이었다.

그토록 바라던 대로 지금 아버지는 방앗간을 그만두셨고, 저 강이 알려오듯 내 속에는 굳은살이 앉았다. 나는 자연스레 뱃사공 소식이 궁금해져 동창에게 전화를 걸었다. 그도 많이 변했겠지 속으로 생각하는데, 선생님 폐암으로 돌아가신 걸 여태 몰랐냐며 나를 혼내는 동창 놈이다.

26p 모란

국문학과 전공 수업 시간, 긴 머리를 푼 여학생이 김영랑의 시 '모란이 피기까지는'을 낭송했다. 도저히 용기가 안 나는지 칠판 앞에 서서 몇 초간 볼을 붉히던 그 애는 첫 구절을 읊으며 목소리를 떨었다. 맨 뒷줄에서 듣는 내 귀가 다 수줍어졌다.

모란이 피기까지는
나는 아직 나의 봄을 기다리고 있을 테요
모란이 뚝뚝 떨어져버린 날
나는 비로소 봄을 여읜 설움에 잠길 테요

......

문득 생기는 감정이 '모란이 피기까지는'이라는 시가 저 여자아이에게 참 소중한 시구나 라는 것이다. 떨리는 입술은 단 한글자도 허투루 뱉지 않았고, 붉어진 두 볼도 이 시와는 참 잘 어울렸다. "뚝"하고 떨어지는 모란을 곱게 두 손으로 받아 내고 있는 맘 여린 소녀가 생각났다.

그리고 시가 읊어지는 내내 여학생의 시선은 교실의

허공을 향해 있었다. 책상에 앉은 한 남학생은 의아한 듯 그 시선을 쫓다가 아예 등 돌려 교실 뒤쪽을 훑고 있다. 혹시 교실 뒤에 무어라도 있나 싶은 신기한 표정으로 말이다. 나는 속으로 그 남학생의 머리에 꿀밤을 놓아 주었다. 단지 눈으로도 시를 읊을 줄 알았던 여학생은 허공 가운데 있는 모란 잎들을 보는 중이었다.

......

모란이 피기까지는
나는 아직 기다리고 있을 테요
찬란한 슬픔의 봄을

시작이 그랬던 것처럼 시가 끝난 다음에도 몇 초간의 떨림이 일어났다. 하지만 이번에는 여학생 혼자가 아니라 교실에 앉은 여러 명이 함께 느끼는 떨림이었다. 그 떨림들은 소박한 박수갈채로 이어졌고, 여학생은 흐뭇한 미소를 한 번 지어 주었다. 소녀가 두 손으로 받아 내던 모란 잎들은 그제야 마음 놓고 흙으로 내려졌다.

30p 필름 카메라

엄마는 옛날 사진을 꺼내 보듯 이따금씩 내 어릴 적 이야기를 하곤 한다. 기억 속을 한참 헤매보아도 잘 만나지지 않는, 내가 아주 쪼그만할 때 이야기 말이다. 정작 나는 찍히는 줄도 몰랐던 사진들을 엄마는 알뜰히 모아 두나 보다. 방금 끝낸 나와의 짧은 통화도 어쩌면, 엄마한테는 중요한 한 장이 되어 있을지 모를 일이다.

그날의 해가 쉴 곳을 찾기 시작한 늦은 오후, 엄마는 내 옆에서 빨래를 개는 중이었다.

"준아, 니 그거 기억나나? 니 요만할 때 아빠가 '학준아 아빠랑 밖에 놀러 가자' 하면 쪼르르 엄마한테 와서 '싫어 집에서 엄마랑 놀래' 했던 거."

내 흉내까지 보탠 엄마의 물음에 나는 리모컨만 만지작거렸다. 그러나 부끄러움은 이미 목덜미까지 올라왔고, 바깥에 해가 내 얼굴에 쉬러 오는지 두 볼이 빨갛게 달아오르는 것을 겨우 참았다. 방금 들려준 이야기가 사실은 카메라 렌즈를 들여다보는 것 같이 생생하다. 잊고 지냈지만 나는 엄마 품에 안기는 걸 참 좋아하는 아이였다. 엄마가 직장을 다니면서부터 엄마의 퇴근시간을 시계를 쳐다보면서까지 기다렸던 기억이 난다. 현관문이 열리기 무섭게 엄마한테 달려가 안기면, 해지고 어둔 그때에도 나는 맘껏 뛰놀 수 있었다.

타지에 있는 고등학교를 다녔다. 기숙사에 살면서 거긴 학교 공중전화가 핸드폰 대신이었다. 그런데 별일이 없인 공중전화는 잘 안 쓰게 돼, 지나가면 그 앞에 서 있는 녀석들이란 정해져 있었다. 집에 전화하길 원체 좋아하는 녀석들. 나는 그날도 아무렇지 않게 지나가다가, 작정도 없이 공중전화 앞에 발이 멈춰 섰다. 엄마 전화번호를 누르고, 통화연결음은 더 어릴 적 엄마의 퇴근시간 만큼이나 길었다. 마침내 받는 엄마의 목소리란 내가 걸기만을 기다렸다는 듯 따뜻했다. 두 번째도, 세 번째도. 공중전화 덕분이었나 별일 없이도 내가 먼저 전화를 걸고 했는데.

다행히 엄마는 내 부끄러움을 눈치채지 못했나 보다. 물음에 대답조차 않는 무뚝뚝한 아들을 웃어넘긴 다음 계속 빨래를 갠다. 힐끔 보니 내 옷을 개고 있었다. 어느새 아빠만큼 큰 옷을 입는 아들이 기특하다는 눈빛으로 천천히 빨래를 접는다.

"아들, 이번 주에 경주 한번 내려오지? 엄마가 아들 보고 싶은데……."

통화가 끝났는데도 나는 전화기를 내려놓지 못하고 있다. 내 눈치를 살피며 수줍게 뱉은 엄마의 마지막 말이 마음에 걸려서이다. 살갑게 굴면 괜히 덜 큰 것 같아, 나는 매번 차갑게 전화를 끊는다. 방금도 똑같이 끊고 나니 마음이 편치가 않다. 제발 방금 전 순간만큼은 사진으로 남기지 말았어야 할 텐데, 아들은 마지막으로 엄마의 필름 카메라에 기대를 걸어 보는 수밖에 없다.

34p 안정기

내 친구 만수에게 "행님" 하지 않고 자꾸만 "형", "형" 하는 게 미심쩍어서 "혹시 그쪽 고향이 어디세요?" 물어본 게 화근이었다. 同鄕(동향)인 걸 알자마자 여름 논에 통발 놓듯 은근슬쩍 내게 말을 놓던 이 녀석. 알고 보니 사는 곳도 대연동으로 같아서, 이제는 내 자취방을 아무렇게나 드나든다. 미꾸라지한테 이 논이 뉘 집 논인지 알게 무엇이냐.

둘 중 누구의 자취방도 아니라면 녀석과는 주로 편의점에서 만난다. 각자의 방에서 공평하게 떨어진 지점에 자리한 편의점 하나. 비록 찻길과 마주하고 있지만 편의점 앞에 놓인 테이블은 밤 맥주를 즐기기에 어쩐지 알맞다. 오늘 밤도 지나다니는 사람들을 보며 이야기는 시작되었다. 이 시간 우리 고향 慶州(경주)의 모습은 어떨까부터 시작해서, 이제는 익숙해진 타향살이의 외로움에 대해서까지. 어쩌면 대학가의 모든 술집들을 피해 녀석과 나는 여기 플라스틱 의자에 앉았는지도 모른다. 시시콜콜한 이야길 나누고자 하는 게 아니므로 우리는 가장 시시콜콜한 편의점으로 숨은 셈이다. 한참 뒤, 거머쥔 맥주 캔의 무게를 저울질조차 못 하게 되었을 무렵, 역설적이게도 그때서야 우리가 쌓아 올린 이야기의 무게를 느낀다. 녀석과 나는 동시에 이곳을 일어서기로 한다.

도착한 녀석의 자취방에는 어느 구제 옷가게를 연상시킬 정도로 옷들이 너저분하다. 차마 말로 표현 못 한 내 마음을 읽었는지 갑자기 손빨래를 시작하는 녀석. 왜 하필이면 손빨래냐 물으니까, 오래전부터 세탁기가 고장 나 있었단다. 의리 없이 혼자 캔 맥주를 들이키면서 욕실 안 녀석의 뒷모습을 쳐다보았다. 그 위태위태한 몸짓이 술버릇처럼만 느껴지지 않는 까닭은 왜일까?

나는 세탁기를 믿는다. 지금 멀끔한 내 옷도 오늘, 아니 어젯밤 세탁기에서 나왔다. 하지만 그와 동시에 세탁기로는 도저히 빨 수 없는 무엇인가 있다는 걸 안다. 술에 취해 손빨래라도 하는 녀석을 보자니 안쓰럽다. 내가 아는 녀석에게 그 무엇이란 외로움일 확률이 크다. 녀석이 그건 아니라 해도 할 수 없다. 이미 나는 맥주 캔을 꽝 내려놓았고 일어서진 않았지만 욕실까지 다 들리게 소리쳤다.

"정기야 형 집에 가져가서 세탁기 돌리자!"[1]

---

[1] 같은 경상도지만, 경주는 부산처럼 "행님"을 쓰지 않는다.

살짝 걷은 커튼을 손가락 두 개가 쉽사리 내려놓지 못한다. 쏘는 햇볕을 가리고는 싶은데 버스 창문 밖으로 하나, 둘 기와집들이 나타났기 때문이다. 지난번 올 때와 같은 자리, 같은 모습인 게 또 고마워서, 고향 친구 얼굴을 뜯어보듯 꼼꼼히 그것들을 눈에 담는다. 한 겹, 한 겹 쌓인 기와는 농부의 힘줄로 만든 밭고랑을 닮았고, 처마 끝의 휘어짐은 학의 날갯짓처럼 서두름이 없다. 버스의 속도와 맞붙어도 결코 지지 않는 곡선에 나는 커튼을 활짝 젖히고야 만다. 그러자, 예상했던 대로 제법 톡 쏘는 유월의 햇살이다. 버스에서 한 시간 정도 눈을 붙였을 뿐인데 창문 밖 하늘은 도시의 것과 분명 차이가 났다. 또 한 시간 전의 부산과 비교하면, 빌딩의 자태 또한 많이 달라져 있다. 낮은 기와집들 사이로 가끔 솟은 빌딩들은 아무리 사방을 살펴도 제 눈높이의 짝이 없어 남사스러움에 몸을 떨었다.

잼 내리기 이전부터 배낭을 짊어진 게 분명 관광객일 거야. 그러나 내 등엔 자취방에 모아놨던 빈 반찬통들만 그득 들어 있다. 소리 안 나게 차분히 걸어 내리면서 속으론 '비로소 경주다' 외쳤다. 터미널을 빠져나와, 사방의 기와집들과 키 재기 하듯 걷는다. 나는 경주의 기와집들이 키가 작은 이유를 알 것도 같다. 산 때문이다. 산을 위하는 까닭에, 더 높아지고 싶은 욕심을 기와의 무게로 누르는 것이다. 빌딩과 빌딩 사이로 약간씩 보이는 도시의 산에 대해, 나는 아무렇게나 잘려진 깍두기 모양 같다며 슬퍼한 적이 있다. 그러나 경주의 산은 그 어떤 문턱에도 걸리지 않고 오롯이 나에게로 도착해주었다.

경주에서 나고 자란 시인들이 많다. 문득 바람이 불어 와 산과 나를 한꺼번에 문지르고 가면, 그럴 때 잠깐 동안 나도 시인이 된 기분에 빠져든다. 산은 박목월을, 김동리를, 또 누군가를 기억해 뒀다가 오늘 내 시선에 그들을 입히는 것 같다. 나는 이렇게 취한 듯 시인이 되어서 경주를 걷는 것이 좋다. 시인이라는 단어는 추억이 많은 어른 같아서 좋다. 「가정」에서 박목월 시인이 십구문반(十九文半)의 신발을 신고 현관에 도착하듯, 나도 벌써 고향 집 근처에 다다랐다. 가방 속에 빈 반찬통들은 여전히 달그락거리는 중이다. 달그락거리는 소리는 육문삼(六文三)도 못 되는 내 신발 크기처럼 들려서 비빌 집이 있음이 나는 너무 다행이다.

_____ 42p 걸음마를 뗀 자식

뒤뚱- 뒤뚱- 장난감 로보트처럼 걷다가 건전지라도 떨어졌나 길 한복판인데 걸음이 멈춰 버렸다. 로보트는 울음을 터뜨리고야 말았다. 되는 말은 딱 하나 '엄마' 밖에 없어서 "엄마" 하면서 서럽게도 울었다. 몇 걸음 앞서 가 있던 엄마는 결국 내게로 와서 웃으면서 다시 내 손을 잡았다. 나는 화를 내고 싶은데 엄마가 또 앞서 갈까 겁나기도 해 잡은 그 손을 꼬집듯 한번 움켜쥐고 말았다. 어릴 적 나는 그렇게 걸음마를 뗐다.

"손이 왜 이렇게 까칠해졌노"

먼저 엄마의 목소리구나 하고 알았다. 그리고 지금 내 오른손을 계속 쓸어내리는 손 역시 엄마 손이구나 알면서 나는 잠이 확 달아났다. 그치만 입 꾹 다물고 자는 척 가만히 있었다. 혹시 내 숨소리라도 달라졌는지 엄마는 그것조차 아는지, 내 머리맡에 웅크린 몸을 그만 일으키려 함이 느껴진다. 그러면서 내 손을 마지막으로 꼼꼼히 쓸어 만져 준다. 한 번- 두 번-.

나는 방문을 닫고 나간 엄마의 손을 금방에 달려가 만

져 드리고 싶지만, 걸음마를 뗀 자식이라고, 쑥스러워 그
렇게 하지는 못 한다. 괜히 내 손을 내가 한번 만져본다.
이리저리 문질러 보아도 하나도 안 거친 손이 부끄럽다.
엄마가 내 머리맡에 앉았을 때 나는 더 가만히 자고 있을
걸 그랬다. 몇 개월 만에 집에 들른 아들의, 올 때마다 늦
잠을 늘어지게 자는, 그 손이라도 엄마가 마음껏 만질 수
있게 나는 더 가만히 자고 있을 걸 그랬다.

돌부리에 걸린 버스가, 오늘만 해도 수차례라며 대수롭지 않게 덜컹거림을 토해낸다. 시골은 길목마다 나무 그늘이어서 한 여름 햇살이 버스 안을 들었다 나갔다 바쁜데, 마침 햇살이 든 때였다. 엉덩이들은 들썩 거렸고, 햇살은 남아 있는 자리가 없어서인지 혼자서 겨우 중심을 잡는다. 맨 뒷자리의 나는 눈썹 사이를 잔뜩 찌푸렸다. 도시 지하철의 날렵함이 그리웠던 것은 아니지만, 돌멩이 하나 이기지 못한 버스 치고는 너무도 당당했기 때문이다. 버스 안 어르신들이야말로 괜찮은가 보다. 아무리 눈에 익은 길이로서니 돌부리가 미울 법도 한데, 앞좌석 손잡이를 꼭 쥐어 보고는 그걸로 충분하다는 표정을 지었다.

그때 회색 양복에 회색 중절모까지 차려입은 할아버지가 검은 봉다리 하나를 든 채로 천천히 일어난다. 봉다리에 노란색이 다 비칠 정도로 가득 담겨진 저 참외들은 읍내 과일 장수의 인심이 분명해 보였다. 얇은 봉다리가 찢어지기라도 하면 어떡하나 했지만, 참외 모양들이 모난 곳 없이 둥글고 잘나서 나중엔 그 맛이 어떨까 하는 생각으로 옮아갔다.

"기사 양반 스톱! 스토옵"

정지 버튼에 빨간불이 들어와 있는데도 할아버지는 호령을 내리듯 외쳤다. 그러고 한참을 더 가서야 나타난 정류장 앞에 버스가 멈춰 섰다. 성격 급한 할아버지를 따라 어르신 몇 분이 더 내릴 채비를 한다. 이웃들과 나누는 짧은 인사말은, 멀리 있어도 서로를 다 내다보는 산처럼 살갑기도 하여라. 버스 기사 아저씨는 말없이 문을 열어 두었고, 어르신들은 그만 내려야 하는데 이 고장 민요 같은 그들의 사투리가 자꾸만 운율을 싣는다. 마침내 버스 문이 닫히려는 순간, 쫓기듯 한 사내가 뛰어나가는 것이었다. 곧바로 창밖을 보니, 같이 내린 어른들께 한 분, 한 분 절하는 사내의 흙빛 얼굴이 참으로 순박하다. 그런데 사내의 두 손이 뒷 춤으로 무엇인가를 감추고 있었다. 인사를 마치기 무섭게 등을 돌리면서는 앞으로 감추는 것이 막걸리가 분명했다. 읍내까지 막걸리 사러 나온 게 창피했던지 걸음이 그리 바쁘면서도 앞에 놓인 팔은 결코 움직이는 법이 없었다.

버스가 곡선을 그리면 들어있던 햇살이 한번 나갔다

들어온다. 정류장에 내렸던 어르신들이 사라지고 딱 그 숫자만큼의 집들이 창문에 나타났다. 줄기를 같이 하는 이 고장 코스모스처럼 집들도 어쩌나 닮았는지. 이때, 창문에 코를 박고 있는 나를 함께 여행 온 친구가 깨운다. 내릴 때가 되었단다. 맞아. 나는 이름이 예뻐 밀양에 여행을 와 있지. 버스에 앉아 사람들의 일상을 지켜보면서 대학가에 두고 온 내 일상이 떠올랐다. '매일 똑같은 너는 여행이 아니야' 내가 혹시 이렇게 말했다면 이제라도 취소해야겠다. 그리고 누구한테라도 여행에 대해 아는 척 할 기회가 생기면 일상이 곧 여행이라는 말을, 밀양 사람들 얘기를 곁들여서 해줘야겠다.

_____ 50p 첫 문장을 쓰기가 참 어렵더라

선배의 레스토랑은 하루 장사를 마친 뒤에도 조명 하나를 남겨 둔다. 넓은 실내 중에서도 창문 곁을 밝히는 조명이라 바깥을 지나는 사람들이 가끔 오해를 하고 들어올 때도 있다. 하지만 그 시각 조명 아래는 아무나 모일 수 있는 곳이 아니다. 레스토랑 주인인 선배와, 선배가 아끼는 후배 단 몇 명. 하루의 일판을 접은 뒤라도 선배가 부르면 다시 펼치는 게 당연한지라, 오늘 내 밤은 이곳으로 달려왔다. 후배들 중에서도 제일 막내인 나는 창문 바로 맞은 편에 앉아 선배들의 술잔이 비어서는 안 됨을 속으로 외고 있었다.

"근데, 예전처럼 글을 쓰지는 못할 거 같다."

선배가 툭 내뱉은 한마디는 처음을 까먹은, 긴 이야기의 끝처럼 들렸다. 내 생각이 맞아떨어진 게 선배는 그러고 나서 말이 없어져 버렸다. 취기가 오르면 핸드폰에 자신이 쓴 글을 자랑하듯 보여주곤 했던 선배였기에, 분위기는 금방 심각해졌다. 현재 가게 안에 우리 넷 뿐임이 새삼 느껴지고, 나는 창문 바깥으로 시선을 돌렸다. 밤공기들은 자기네끼리 부딪히며 놀기 바빴고 그러다가 창문에 머리를 쾅 박기도 하였다. 문득 창유리에 이곳이 다 비친다는 걸 알게 된 까닭은, 선배가 홀로 술잔을 들었기 때문이다. 같이 조용하던 나머지 후배들도 너나 할 것 없이 선배를 따라 했다. 중요한 한마디가 빠져나간 그 속을 과연 술한 모금이 채울 수 있을까. 술잔을 들며, 아무 말도 내뱉지 않은 내 속이 그렇게 선배를 걱정하고 있었다.

"첫 문장을 쓰기가 참 어렵더라."

술 한 모금에 속아 선배의 속은 다시 채워졌나 보다. 선배가 다시 말을 뱉었다. 그런데 이번에는 그 한마디가 꼭 내 속에서 꺼낸 말 같이 느껴져서, '첫 문장을 쓰기가 참 어렵더라.' 한마디가 빠져나간 내 속을 채우고자 나는 홀로 술을 따라야만 했다.

54p '아, 잘 왔다.'

독산동에 살기로 마음먹은 이유는 월세 그리고 집 앞을 흐르는 '안양천' 때문이었다. 나는 이삿짐을 정리하자마자 안양천으로 갔다. 주변 도로와 아파트 공사 현장에 물소리는 잡아먹혔지만, 멀리 이사 온 동네에 친구가 살고 있는 것처럼 마음이 든든해졌다. 친구의 얼굴은 따로 익힐 필요가 없이 나는 편하게 강변을 걸었다.

일주일이 흘렀다. 고픈 배를 참고 잠드는 게 싫어서 오늘 새벽엔 편의점으로 냅다 뛰었다. 파라솔에 앉아 취한 택시 승객을 한참 바라보다가 컵라면 하나를 후후 불어 넣는다. 불과 며칠 전 서울 친구와 설렁탕 한 그릇씩을 먹었는데, 그때의 포만감이 괜히 그리워지는 맛이다. 처음부터 있던 테이블 위 담뱃재들은 후 불어도 날아가지 않아서, 라면 국물만 깨끗이 닦고 자리에서 일어났다. 나는 이곳 사거리 도로 위 그저 그런 풍경으로 남겨지기가 싫었다.

서울은 신호등이 길어서 좋다고 해놓고 후다닥 횡단보돌 빠져나와 버렸다. 그리고 내리막 하나를 걸어 안양천에 다다랐을 때, 이제야 겨우 조금 새벽 같다. 강 건너 반대편에 몇 명이 보이지만 이쪽 산책로엔 저 앞까지, 뒤를 돌아

봐도 아무도 없다. 옆에만 강이 흐른다. 물결을 냈다가 숨을 고르고 다시 물결을 냈다가 하는 걸 한참 들여다보니, 한 방향으로만 흘러간다. 더 들여다보니 편의점에서 집으로 돌아가는 내 걸음과 똑같은 방향이다. 발이 사뿐해진다. 옆 사람과 나란히 발맞춰 가는 듯 나도 모르게 사뿐사뿐 걷게 된다.

나는 마치 젖은 신발을 획 벗어던진 직후의 발걸음인데, 그러나 강은 실수도 한 번 없이 흐른다. 절대 앞장을 서지도 않는다. 내가 맨발로 뛰어나온 아이여도 '괜찮타'는 대답을 그렇게 하고 있었다. 일주일 전 여기로 오자마자 나는 강을 친구라고 우겼지만, 나만 강을 아는 채 하나 의심도 들었다. 도로도, 공사도 멈춘 새벽, 서로에 대해 미리 알았고 몰랐고 하는 게 뭐가 중요할까. 그냥 이렇게 나란히 발맞춰 가면서 '아, 잘 왔다' 나는 속으로 외는 것이다.

창문이 거기 있는 줄도 잊은 채 한참을 타다가, 잠실철교 위를 밟는 순간, 서울 메트로가 한강을 향해 일제히 창문을 냈다. 비좁은 전동차 안 한낮의 볕을 받는 수많은 타인들이 그제야 보이고, 깔린 주단 위를 나와 그들은 함께 직진하고 있었다. 가노라 하는 예고도 없었으니, 방금 시골 뜨내기라면 엉덩이가 들썩거리는 걸 겨우 참았지 싶다.

얽힌 듯 강물은 흘러 또 어떤 이의 매듭을 풀어주고 있을까, 바짝 붙어 서 가던 전동차 안이 궁금해졌다. 처음에 나는 모두들 값비싼 관객이 되려고 연습이라도 하는 줄 알았다. 원래 값비싼 전시나 연주회 관람은 얌전해야 하므로, 한강이 나타나도 일부러 놀라지 않은 척 저러는구나 싶었다. 그런데, 일단 한강임을 알아차렸다 믿기엔 사람들에게 달라진 구석이 보이질 않았다. 누군가와 눈을 맞추는 게 싫어서 계속 맞은편 자리의 무릎만 살폈고, 손바닥마다 하나씩인 전자기기들로 나를 방해하지 말라고 외치는 중이었다. 그나마 창밖을 내려다 본 한 사람은 마치 번지점프처럼, 한강 근처까지만 시선을 빠뜨렸다가 서둘러 자기한테로 되돌아오기 바빴다.

한강이 마냥 좋은 나는 조금 외로워졌다. 그 자리에서 고개만 들면, 고개만 돌리면 창문 밖이 당신을 쉬어가도록 해줄 텐데, 전동차 안 우리들은 잠시도 같이 휴식할 수 없나 보다. 과연 서울 사람들에게 한강은 무엇일까를 생각하게 되고, 서울깍쟁이란 그 말이 나는 밉지만 당장엔 자연스러웠다. 창밖에 저 한강은 대단치 않은 일을 겪는 듯 별말 없이 끝나가고 있다. 서울 메트로도 냈던 창문을 닫고 도로 어두운 지하에 들어서기 위한 준비를 한다.

하루를 돌아, 서울 메트로가 또 한 번 나를 태우고 잠실 철교를 지난다. 한낮의 볕도 강물의 색깔도 물러난 시각, 창밖엔 강가를 밝히는 가로등 불빛들만 남아 있다. 몇 걸음마다 똑같이 생긴 가로등이 꼭, 한강을 구경도 않는 우리 사는 모습처럼 느껴져 나는 한참을 바라보았다. 그때, 옆에서는 노신사 한 분이 더디게 자리에서 일어났다. 내릴 채비를 하며 전동차 출입문 쪽으로 걷는 그의 걸음 걸이엔 지난 세월 동안의 무뚝뚝함이 있다. 일평생 그러지 않다가 지금 해보는 듯, 아주 어설프게, 그의 눈이 서너 번 정도 깜빡거리는 걸 발견했다. 나도 몰래 그 눈빛을 따라 갔다. 서 있는 것도 서툰 꼬마 아이가 부모 품에 안겨서는,

노인의 눈이 깜빡거릴 때마다 웃고 또 웃고 있는 게 보였다.

노인의 눈을 따라가느라 창밖으로 한강이 끝나는 장면을 놓치고 말았다. 내리는 그의 뒷모습을 끝까지 지켜보는 게 나는 더 좋았나 보다. 그 순간 사람들에 대한 내 서운함도 동시에 한 풀 꺾여 버렸다. 노인과 같이 전동차를 탄 나머지 사람들한테도, 아이의 웃음은 아니더라도, 한강을 놓칠만한 더 큰 세상이 있었겠지 하는 기대 때문이었다.

_ 62p 핫도그

오늘도 1호선 막차를 타고 '금천구청'역에 내린다. 타는 사람은 없고 내리는 사람은, 그래도 오늘은 나 말고도 몇 명. 하늘이 검어진 덕분에 역 간판이 흐릿하게나마 제 역할을 해내고 있다. 하나 뿐인 출구를 몇 사람과 같이 빠져나오는데, 파란 불빛이 저기서 또 날 놀래킨다. 프랜차이즈 빵집 간판.

진열대 군데군데 놓인 빵들이 이 시간까지 날 기다려주었다. 고마워서 한 바퀴, 두 바퀴, 세 바퀴. 아무래도 고르고 싶은 빵이 이 중에는 없고 나는 자연스럽게 밖을 내다보았다. 어두운 바깥에 포장마차 전등이 아직 켜져 있다. 그런데 아저씨가 그 안에 있질 않고 모퉁이에 나와 있다. 거기 서서 이제 금방 담배에 불을 피웠는데, 아저씨는 계속 두리번두리번 주변을 살핀다. 속 편히 피는 한 모금이 없다. 그렇다고 앞치마를 풀지도 못한다. 나는 유리문 안에서 아저씨의 담배가 숨 꺼지기만을 기다렸다.

내가 가자 포장마차 안에서 아저씨는 아주 들뜬 목소리였다. 나는 지갑 속에 지폐가 별로 없다는 걸 기억하고 핫도그 하나를 주문했다. 아저씨는 도리어 기분 좋게 핫도

그를 갈색 기름 속에 빠뜨렸다. 기름 냄새가 진탕 올라온다. 몇 초 뒤, 불룩해진 핫도그가 그 모습을 드러냈다. 나는 그보다 아저씨의 손을 한 번 본다. 살갗에 있어야 하는 것들이 죽고 기름때가 까맣게 내려앉아 손이 무덤이 됐다. 그 손으로부터 핫도그를 공손히 건네받았다. 나는 티내면서 한 입 크게 베어 물었다. 겉은 뜨겁고 기름진데, 속 안은 차갑다.

간판도 불빛도 몇 개 없는 금천구청 역에 밤공기들이 얼얼하다. 이곳마저 있는 프랜차이즈 빵집과 경쟁하면서 날 위해 핫도그 한 개를 더 튀기는, 그 속은 과연 어떨까. 짐작조차 못 하는 난 그 자리에 서서 또 한 입 핫도그만 베어 물었다.

_____ 66p 雪

느릿느릿 날리면서 서울의 모든 속도에게 '괜찮니' 하고 묻는다. 떨어지는 나도 이렇게 느린데, 땅 위만 왔다 갔다 하는 너흰 뭐가 그리도 바쁘니 하면서.

고철 대문처럼 무겁게 택시 뒷좌석이 열리고 가죽부츠를 신은 발들이 밖으로 하나, 둘 나온다. 차를 탈 때만 해도 이만큼 많은 눈이 아니었던지 저들은 차에서 내리는 것보다 호들갑을 떠느라 더 바쁘다. 뒤차 경적소리가 저들을 때린다. 도로 위에선 어림없는 행동이라고 가르치는 소리가 회초리 같다. 그러나 놀란 아가씨들을 향해 또 한 번 경적이 울렸을 때는, 유명 외제차가 아니라 흡사 떼쟁이 사춘기 학생 같았다.

그나저나, 내가 타야 할 버스는 점잖아서 아직인 걸까. 버스 정류장이 눈 내리는 바깥이라 좋다 했던 것도, 이젠 마냥 기다림으로 바뀌었다. 여긴 몇 정거장 전이다 알려주는 전광판도 안 달렸다. 요샌 스마트폰에 다 나오지만, 글쎄 며칠 전부터 화면이 말썽이라 속 편히 아예 꺼 놨다.

아까 택시와 성질 급한 외제차가 신호등 빨간불 밑에

나란히 멈춰 서 있다. 횡단보도에 사람들이 무리를 지어 지나간다. 단 한 사람도 뒤처지지 않는 걸음들이 눈 내리는 허공에다 가로 획을 긋고 막 사라진다. 한참 남은 신호등, 텅 빈 횡단보도에 눈만 느리게 툭 떨어져 녹았다.

그리고 월요일엔 낮부터 눈이 왔다. 나는 아르바이트 도중에 눈 내리는 창밖을 알아 버렸고, 손님한테 나가야 할 메뉴판을 들고서 걸음이 딱 멈췄다. 원 없이는 아니더라도 잠시 멈추어 감동하는 건 아마 손님도 이해해주실거야. 며칠째 핸드폰이 고장 인 나는 서울의 눈발과 똑같은 기대를 하며 서 있다.

70p 그물

상선을 서두르며 어부가 바다에다 하는 다짐. 던져 놓은 그물 하나 없지만서도 반드시 만선의 기쁨을 안고 돌아오겠노라고. 퇴근하는 밤 길을 걷는 나도 그와 비슷한 다짐을 해본다. 이따가 집에 도착해서 책상 앞에 앉기만 하면, 언제 이걸 다 생각했을까 그런 놀랄만한 글을 써야지.

퇴근하면서 걸었던 길을 정확히 반대로 걸으면서 출근한다. 육교와 다리 하나씩을 지나 1호선 전동차 안 귀퉁이에 숨기듯 몸을 싣는다. 신도림 환승역은 복잡해 보여도 앞사람 그림자만 잘 밟다 보면 금세 끝나고, 2호선은 수고한 내게 한강을 보여준다. 흐르지 않고 제자리에서 높아졌다 낮아졌다만 하는 한강이, 아무래도 오늘 공기가 무겁지 않냐 물어온다. 나는 그렇다 대답하며, 어젯밤 책상 맡에서 끄적거리다 포기해버린 글이 싫었다. 만선을 다짐해 놓고 빈 그물만 싣고 돌아온 꼴이다. 아무리 그물을 걷어도 죄다 어린놈들만 잡혀, 다음번을 위해 전부 바다에 놓아주었다 말하면 믿을까. 그만 전철을 내리면서 나는 부끄럽지 않게 오늘을 시작할 만한 변명거리가 필요했다.

72p 빵

집에서 예능 한 편 보면서 누워 있다가, 추위를 뚫고, 또 홍대로 왔다. 알바도 없는 토요일인데. 내가 뚫릴 것 같다.

"빵"

도착한 클럽이름이 '빵'이다. 오늘 공연 규모를 알려주는 큰 현수막엔 형의 이름도 적혀 있다.

– 남재섭

노래는 형이 매일 흥얼거려서 듣는데, 현수막에 적힌 형의 이름이 가수 이름 같다. 가수 이름 같은 게 아니라 가수 이름이지. 어제도 같이 카페에서 일한 형이, 그래도 오늘은 좀 남 같다.

"어느 분 초대로 오셨어요?"

"남재섭요."

사양하려다 팸플릿 한 장을 들고 지하 클럽으로 내려갔다. 계단 밟는 내 소리는 점점 사라지고 기타와 드럼 소리는 점점 커져갔다. 짧은 계단이 이렇게 많은 소리를 뱉어내고 잡아먹는다. 무척 긴장한 나는, 좀 전까지 주말인데 또 홍대냐며 지겨워했다.

살금살금 내려와 완전히 들어선 공연장은 생각보다 작았다. 무대가 절반이라 느껴질 정도로. 무대 옆이 입구인지라 나는 날아다니는 소리들을 피해 맨 뒤까지 갔다. 입장이 조금 늦었어도 큰 잘못은 아니었다. 무대 위는 그저 자기 음악 하는 밴드였고, 서서 듣는 사람들도 자기가 듣고 싶은 포즈로 들었다. 나도 그래보았다.

빨리 형의 음악이 듣고 싶어졌다. 아 그리고 형이 저 밴드의 멤버는 절대 아니다. 여섯시 반부터라 했으니까 이 다음 순서일 거다.

여섯시 반이다. 밴드가 내려가고, 그런데 또 다른 밴드가 무대에 올라와서는 또 어떤 거대한 음악을 들려주려고 주렁주렁 전선들을 정리한다. 여기엔 아직까지 들어오는 사람도 많고 나가는 사람들도 많다. 나는 홍대 클럽은 원래 이런가 싶다. 대수롭지 않은 척, 받아 온 팜플렛을 슥 뒤집어보았다. 그리고 팜플렛을 주머니에 구겨넣었다는 것도 집에 도착해서 알 만큼 빠르게 뛰어나갔다.

입구를 지나 계단을 지나 아까 그분께

"매직스트로베리사운드가 어디에요?"

"저 부동산에서 오른쪽으로 가시면 바로……."

냅다 뛰었다. 나는 그제야 공연장에 비해 공연 현수막이 크다 싶었고, 여섯시 반 정각에 시작한다는 형의 문자가 기억나고, 형한테 죽었다, 사람들이 왜 들어왔다 나갔다 하는지도 뛰면서 이해했다. 오늘 공연은 그 제목이 '빵 컴필레이션 앨범 발매 공연'이지만, 클럽 빵을 포함 총 6개의 공연장에서 듣고 싶은 공연을 골라가면서 듣는 형태였다. 이를테면 놀이동산 자유이용권 같은 개념이었다. 놀이동산 아르바이트까지 했던 내가 그것도 눈치 못 채고, 이번엔 2층인 공연장을 향해 뛰어 올라갔다. 다행히도 입구가 무대 먼 맞은편이었다. 속도를 못 이겨 문을 세게 열었다.

"저 친굽니다."

무대 위에 통기타와 앉은 형이었고, 형이 형과 가장 멀리 있는 나를 가리켰다. 내 앞에 앉거나 서있는 관객들 반이상 아니 거의 다 나를 뒤돌아 봤다.

"드디어 왔네요."

사람들은 실소를 터뜨렸고, 더 이상의 설명 없이 형은 노래를 시작했다. 형의 노래 중에 나도 아는 노래. 그리고 이 상황도 좀 알 것 같았다. 형은 노래와 노래 사이 쉬어가는 동안 관객들과 내 흉을 본 것이다. 이를테면 이 자식이 같이 일하면서 온다길래 초대까지 해 두었는데 선곡리스트까지 요구해 놓고선 아직 안 오고 있다고.

알고는 있었지만 형 노래는 좋았다. 통기타 하나로만. 노래와 노래를 듣는 사람들이, 눈과 눈 오는 날 같았다. 짧

지만 긴장했던 몸이 풀어지면서 밖에 혹시 눈이 오나 창
밖을 몇 번 살폈다. 마지막 노래가 끝날 때나 돼서, 어쩌면
끝나고 나서, 나는 형한테 뭐라고 변명해야 하지 고민을
했다.

간밤에 이웃들끼리 또 주차 대결을 벌였나 보다. 골목이 만차인 주차장이 됐다. 왼쪽, 오른쪽 완벽한 대열 사이로 차주도 아닌 내가 눈치를 보면서 들어간다. 생김새가다 다른 승용차들이 새벽 첫 전철을 타고 온 나를 알아보는 것 같다.

골목에 다행히 두 사람이 더 있다. 어떤 차주시길래 이시간부터 움직이나 싶었다. 젊은 남녀는 가까이 다가올수록 부부가 맞았고, 나와 엇갈려 지나갈 땐 둘이 아니라 셋이라는 걸 알았다. 마치 한 몸처럼, 남자의 어깨 위에 딸아이가 매달려 있었다. 차들이 길을 좁혀놓아서 아이의 얼굴이 나를 바투 지나쳐 간다.

나는 잘 모르는 행복한 얼굴을 하고서 아이는 잠들어있다. 아이의 얼굴은 옮겨 적을 때마다 손이 이렇게 창피하다. 내가 적는 시는 동시가 될 수 없기 때문이다. 어떻게예쁘다 해야 할지 잘 모르겠다. 하여튼, 아이를 동시라 한다면, 아이 아빠는 스스로 기꺼이 액자가 돼 주겠다는 다짐을 마친 듯 보였다. 세상에서 가장 편한 곳이 아빠의 어깨라고 아이는 자면서도 말했다. 나는 그들의 뒷모습이 보고 싶었다. 골목을 빠져나가는 부부의 걸음은 성큼성큼, 걸음이 무거운 나를 따돌리는 듯했지만, 지금은 그것마저 좋았다.

한 블록 멀다 하고 있는 교회 문이 활짝 열려 있다. 문 밖으로 불빛과 온기가 새어 나온다. 부부도 아이를 데리고 새벽 기도를 드렸을까……. 딸을 위한 아빠, 엄마의 기도 는 어떤 기도일까.

동네 안 새벽 공기가 초연하다. 한 겨울 새벽 같은 일 곱시. 동이 트는 게 미뤄지는 동안, 하늘이 먼저 다 밝아져 서 해를 기다려주고 있다.

_____ 82p 이사

자취방에서 글을 쓰다 다음 글자가 생각이 안 나면 나는 대충 매무새만 고쳐서 근처 공원으로 갔다. 머리는 안 감고 나왔으나 그래도 연필과 종이는 좀 유난스러워 보일까봐, 인파 속에 들어서는 손엔 대신 핸드폰 메모장이 켜져 있었다. 붙들고 있던 한 줄을 메모장에다 치고, 고갤 들어 사람들 행복한 표정들을 보면, 나는 다음 한 줄이 자연스레 떠올랐다. 그렇게 사람들 사이를 계속 걸었다. 유달리 키 큰 버드나무들이 많았다. 부산시에서 트럭으로 옮겨 심은 어딘가에 있던 나무들이지만, 흙에서라면 또 곧이곧대로 자라나 주는 어수룩함이 지금은 생각할수록 고맙다.

부산에서 대학 생활을 마치고 서울로 올라온 지 6개월. 부산도, 서울도 타지인 건 나에게 다름이 없지만, 한곳에서 3년을 살던 부산에서와 달리 나는 벌써 이사를 결심했다. 난생 처음 '콜밴'이란 걸 부르고 짐은 뒤 칸에, 나는 낯선 아저씨 옆 조수석에 앉았다. 살던 집이 백미러에 빨간 벽돌로만 보인다. 이사 가는구나. 큰일을 이렇게나 급하게 처리한 적이 난 잘 없어 겁나지만, 네비게이션에 찍힌 '서울숲' 글씨에 또 심장이 뛴다. 사내 걸음으로 백 보도 안 떨어진 곳에 숲이 있는 그런 집이다. 창에 햇볕은 드는지, 따뜻한 물이 잘 나오는지, 셰어 하우스라 같이 사는 형이 나와 잘 맞는지. 모든 것은 내게 두 번째 조건이 되어 있었다.

도로 위 운전에만 열중인 아저씨와 나의 앞으로 가로 등이 켜지기 시작했다. 오늘에서야 알았는데 가로등은 단 숨에 불 켜지는 게 아니었다. 옅은 빛으로 얼마간 제 몸을 달구다가 지금쯤이다 싶을 때 흰 색, 주황 색 제대로 된 빛을 냈다. 가로등과 호흡을 맞춘 적 많은 하늘도 그때 비로소 밤으로 바뀌었다. 서울에 올라온 나는 내 빛을 내기까지 어디쯤 와 있을까. 혹시 하늘이 이제 겨우 낮이면 어떡하지. 그래도, 오늘부터 글이 너무 안 써지면 나는 무작정 서울숲으로 갈 수 있게 되었다.

86p 늙어진 나룻배

늘어진 나룻배, 힘이 다른 두 이가 노를 한 쪽씩 맡아 저으니 배가 한 쪽으로만 자꾸 기운다. 노인의 모습이 그러했다. 내 앞을 걷는, 사실은 아까부터 내가 뒤따라 걷고 있는 노인은 한 쪽 다리가 불편한 대신 떨어뜨린 어깨, 그 반대쪽 팔을 연신 휘저었다. 도로변에 듬성듬성 있는 사람들이 노인을 비껴 지나간다. 그냥 지나가도 부딪힐 일은 없어 보이는데 사람들은 괜히 더 떨어져 노인을 앞지른다. 그렇게 지하철역 입구에 도착하고 보니 노인과 나, 둘만이 텅 빈 계단을 오르게 되었다. 출발탄이 울렸음에도 노인은 조바심 하나 없이 계단 꼭대기로 사람들을 떠나보냈다. 이 날따라 출근시간이 헐렁했던 나는, 조바심은 났지만, 노인을 앞지르기가 왠지 싫었다.

 계단을 오르는 일이 평온할 리 없는 노인이다. 오르다가 갑자기 자기 무릎을 툭툭 치기도 하고, 넓은 계단을 다 사용하듯 몸을 비틀기도 했으나, 결코 쉬어 가지는 않았다. 덕분에 나는 평소 걸음보다 조금만 속도를 늦추면 됐다. 계단이 끝나고 나도 바쁜 일 있는마냥 그를 지나치려는데, 아내로 보이는 한 사람이 이곳에서 오래 기다렸다는 듯 노인을 반긴다. 노인은 아내에게 해주는 짧은 인사도 없이 아내와 같이 그를 기다리던 상자를 무겁게 짊어진다. 그리고 걸어왔던 길을 되돌아가기 시작한다. 그의 한쪽 다리는 똑같이 불편했고, 한 쪽 팔은 짊어진 상자 때문에 휘젓는 것마저도 못 했으나, 노인의 뒷모습은 더 행복해 보였다.

90p 그대여 아무 걱정하지 말아요

코트 맨 아래 단추가 풀려 있다. 똑딱 하고 잠근 뒤 재빨리 주머니에 손을 넣고 나는 다시 걸어갔다. 한 손만 꺼내 이어폰 볼륨을 키웠다. "그대는 너무 힘든 일이 많았죠." 2절 도입부 여기에서 나는 늘 아랫입술이 파르르 떨린다. "새로움을 잃어버렸죠." 재섭이 형은 여기가 좋다고 했는데. 사람마다 좋아하는 구절이 조금씩 다 다르다. 내 글도 그렇겠지. 그랬으면.

코트 맨 아래 단추가 풀려 있다. 똑딱 하고 잠근 뒤 주머니에 손을 집어넣다가, 살짝 다른 느낌을 받았던 건지, 두 손을 다시 꺼냈다. 마지막 단추를 일부러 한 차례 열었다가 잠갔다. 그리고 알았다. 손을 주머니에 넣기만 하면 코트가 양 옆으로 벌어져서, 게다가 가운데선 무릎이 왔다 갔다 하니, 낡은 코트는 하염없이 마지막 단추를 포기했던 것이다. 깨달음은 곧 탄식으로 바뀌었다. 이해가 되지만 겨울은 반이나 남았기 때문이다. 내가 욕심내서 안에 옷을 너무 껴입어서 그런 걸 수도 있다. 그래도 나름 괜찮은 코트인데. 서울 칼바람이 기어코 이겨먹으려 들자 오늘만 잠깐 단추를 내어준 걸지도 모른다. 나는 몰라. 걸으면서 이어폰을 한 칸 더 키웠다. "그대여 아무 걱정하지 말아요."

형도, 나도 좋아하는 가사가 흘러나왔다.

손인사만 툭 하고 헤어졌어도 돌아서는 발걸음이 아쉬움을 못 참는다. 돌아보진 않고 걸어와서 현관 비밀번호를 누를 때, 아까 그런 저질 농담에 쓰러졌던 내가 낯부끄럽다. 현관 전등이 켜지고 방 비밀번호를 누르면서, 사실은 아직도 좀 웃기다. 어두운 방에 불을 켜니 아침에 급해서 버리듯이 나간 그대로의 방 안. 다들 자기들 방으로 돌아갔겠지. 1층인 내 방 창문에 저번처럼 나를 놀래키려 서 있나, 혹시나 하고 창문을 쳐다보고 서 있는 나이다.

우린 하루가 끝날 때마다 모였다. 부산이어도 대학교는 다 달랐는데, 얘가 쟤를 쟤가 얘를 데리고 와서 다 친해지고 말았다. 모이는 장소는 티파니. 방마다 커튼이 있어 맘껏 떠들어도 되는 유행 지난 룸 카페. 예닐곱 명 중 그런데 단 한 명도 부산 사람이 아니라서, OO빌, OO하우스……요 근처 원룸 몇 개에서 각자 몇 년째 자취 중에 있었다. 멀쩡한 자기 방 놔두고 좁은 룸 카페로 가는 이유들이 같았다.

결국 티파니 갈 거면서 자주 싸웠다. 예를 들어 한 명이 자기 방만 멀다고 "안 가", "그럼 오지 마라" 우선 몇 명만 모였다. 그러나 이내 "오고 있나" "제발 와줘" 다 모이려면 한 시간 반 아니 두 시간이 걸렸다. 올 때마다 카페 종업원이 커튼을 열고 주문을 받아 준다. 사실 커튼이 닫혀도 밖에 소리는 다 들린다. "어제 드라마 봤나" "새로 일하는데 직속 상사가 정신이상자다" "니가 늦게 왔으니까 니가 쏴라" 주문할 때 조금 부끄러운 것 빼면 카톡 방과 똑같은 방이었다.

"나는 서울 갈 거다."

그땐 무언가에라도 올라타야 될 것 같아서 체―하듯 너희한테 말하고는 이렇게 와 있다. 일하면서 글 쓰고 하는 1년 반 동안, 임신 중이던 애는 아들을 낳았고, 한 애는 스카이다이빙이 좋다며 호주로 떠났고, 또 한 애는 결혼을 했다. 그런데 나는 올라타고 보니 한 방향으로만 흘러가더라. 오늘도 일 마치고 에스컬레이터 탄 듯 좁고 똑바른 길을 따라 집에 도착했다. 아침에 해놓고 나간 방 안을 보며 서 있는데 옆 빌라로 막힌 창문 바깥이 피식 웃음이 난다. 나와 같이 타주던 너희가 요즘 너무 보고 싶구나.

98p GS25

집에 바로 오는 날 바로 집 앞 편의점에 들러 뭐라도 살 게 없나 하고 보면, 카운터에 늘 아주머님이 계신다. 사장님이신 것 같기도 하고. 내가 뭘 고르나 보시는 것 같기도 하고. 결국 즉석밥 하나 들고 간 나한테 "계산 도와 드리겠습니다. 할인이나 적립카드 있으세요?" 나는 눈도 안 마주치면서 할인카드까지 꺼냈다. "할인되셨구요, 담아 드릴까요? 괜찮으세요? 감사합니다. 또 오세요." 근데 그 말이 그렇게 즉석밥 먹지 마라 하는 우리 엄마 말 같다. 우리 엄마가 다른 아들들한테 꼭 저랬다. 나한테처럼 못 하는 대신 눈빛과 마음 씀 그런 것들에. 옆에서 느끼던 것을 정면에서 느끼려 하니 나는 괜히 키가 커서 보다 작은 아주머님께 고개를 못 든다. '네. 감사합니다.' 평소에 잘하는 게 점점 작아지다가 문을 열고 나갈 때 그쪽으로 고개 한 번 픽 숙인다.

_____ 100p 장염

와중에 달달한 크림빵이 너무 먹고 싶었다.

"크림빵 하나 정도는 괜찮죠?"

형의 답장이 와야 된다.

"천천히 답장 주셔도 돼요."

빨리 대답해 달란 말이었다. 다행히 핸드폰 화면이 잠금 상태로 바뀌기 전에

"노노 절대 안 됨"

이란 답장이 왔다.

'이런.'

형의 카톡이 계속 왔다. 될 수 있으면 보리차를 끓여 마시고, 그게 안 되면 이온음료수를 사 마시고, 이것도 안 되고, 저것도 안 되고… 다 안 읽어도 크림빵은 절대 안 되

는 거였다. 입을 다시며 입안 아니 기억 속 단 맛을 찾아보다가, 아니다 지금은 그럴 힘마저 없다. 형에게 감사하다는 카톡만 보내고 가만히 있자.

"형 감사해요."

얼마 전 나와 똑같이 아팠던 성시 형은, 마지막까지 십분 이해한다는 말투로 "죽 꼭 사 먹고." 마지막 당부를 전했다. 아파서 지금은 잘 안 와닿지만 다 나으면, 엄청 와닿았었다 꼭 표시해 드려야지. 핸드폰 화면이 점점 어두워지면서 잠금 화면이 됐다. 방엔 불이 하나도 없었고, 나는 이불 속에 있었다. 빈 방, 같은 이불끼린지 알만큼 가만히.

"카톡!"

머리 근처였지만, 핸드폰 잠금 풀 힘이 없다. 이불을 내리고 풀어 봤다. 임성시 님의 기프티콘 선물 '고소한 참치 야채 죽'이었다.

나는 별로 안 먼 본죽 근처 횡단보도에 서 있다. 미세먼

지가 초저녁의 어스름을 덮은 서울의 교차로지만, 마치 안개로 덮인 섬 같았다. 그 가운데 서 있는 나는 아플 뿐 섬처럼 외롭지만은 않았다.

104p 무제

우산을 보다가 못 본 척 현관을 빠져나왔다. 이번에는 하늘이 봐 달라 하면서 내내 눈물을 글썽거리고 있다. 더 봐주다간 덜컥 눈물을 쏟을 것 같아 나는 고개를 내렸다. 그 상태로 집 근처 식당까지 걸어갔다. 또 출입문 바로 옆에 앉아서 밥을 시켰다. 돌아서는 직원분이 걸음을 틀어, 문을 열어젖혔다. 몸을 반쯤 빼 손바닥을 펴 보셨고, 젖은 손바닥이 식당 안으로 들어왔다.

우는 아이 달래듯 밖을 보면서 밥을 먹고 있다. 현관에서 우산은 나를 봤고, 내가 외면했으니 할 말이 없다. 우는 하늘한텐 미안하지만 참 아름답다는 생각도 든다. 유리 밖 비가 참 아름답다. 그에 비해 밥을 삼키는 나는 참 못났다. 모르는 사람들은 내가 행복한 줄 안다. 스물여섯이고, 시답잖은 책도 냈고, 히비에서 일하고, 밥도 혼자 이렇게 잘 사 먹고. 내 자리 앞엔 출입문, 그 앞엔 우산꽂이가 가득 차 있다. 식당 안 나만 빼놓고 다 우산을 준비해 온 것이다. 나만 우산이 없다. 모르는 사람들은 내가 행복한 줄 안다. 좀 이따 맞으면 비겠지만, 안에선 이렇게 아름답게 내리듯이 −

__ 106p 고백

"…태 …태 명……태"

알람이 아니란 걸 알고는 다시 잠들었다.

"명태 명태 명태 명태"

그래 명태 알겠으니 다시 잠들었다.

"명태! 명태! 명태! 명태!"

분명 코너를 돌아 들어왔다. 차 겨우 한 대 지나갈 수
있는 골목으로 수백 마리 명태가 들어왔다.

"가자미! 가자미! 가자미! 가자미!"

가자미들도 같이 왔다. 저 골목 끝에서부터 느릿느릿
이동한다. 제 골목인마냥.

"명태! 명태! 가자미! 가자미! 가자미!"

골목 중간까지 들어와서 내 방 창문을 바투 지나쳐간다. 창문이 잘 닫혔나 걱정하는 나는 이불에 바짝 엎드려 숨었다. 다행히 내 이웃들도 녀석들을 안 붙잡는다. 대문 열리는 소리 한번 못 듣고 녀석들은 골목을 빠져나갔다. 명태 가자미 가자미 명태. 나는 더 바짝 이불에 몸을 붙였다.

지금이 도대체 몇 시지. 분명 오전 아홉 시에 알람을 맞춰 놨는데. 팔을 꺼내 능숙한 방법으로 안경을 찾아서 썼다. 생선 장수는 부지런도 하시다. 아홉 시가 조금 덜 됐다. 그리고 이제 좀 있으면 문자나 전화가 온다. 백수인 내가 아홉 시 알람을 맞춰 논 이유.

"아들"

로 시작해 미사여구로 끝나는 문자. 전화라 해도 별반 다르지 않다. 아들과 미사여구 사이엔 오늘 엄마의 택배가 도착할 거라는, 이미 몇 번 들어서 알고 있는, 여백 같다고나 할까. 나는 칼같이 답장을 보내서 지금도 평소처럼 출근 중이라는 걸 시사했다. 이제 됐다. 나는 다시 안경도 핸드폰도 몸도 내려놨다.

　택배가 왔고, 각종 반찬들, 얼린 국들, 아이스 팩. 그중에 가자미조림이 있었다. 놀라운 일이 아니다. 엄마가 가장 좋아하는 생선이고 반찬이다. 내가 내려갔다 온 지 사흘 만에 집 밥을 또 해먹이고 싶었나 보다. 실은 경주에 더 있어도 됐는데. 더 있고 싶었다. 나 일 그만 됐어 라고는 차마 말 못 하고, 더 묵을 수 있는 핑계거리가 모자라, 나는 올라오고 말았다. 오늘 아침 생선 장수의 "명태, 가자미"는 그런 나를 빗대어 하는 말 같았는데, 엄마의 이번 가자미조림이 뭘 뜻하는지는 좀 더 생각해 봐야겠다.

110p 성수부동산 파라솔

갑작스러운 비라도 파라솔은 하나뿐이니까 예닐곱 명이 평소보다 더 다닥다닥 붙어 서 있다. 파라솔 탁자 위엔 어김없이 막걸리와 소주 몇 병, 남은 안주거리들. 몇 명은 바지 뒤춤이 축축하게 비 맞지만, 계속 부어진 막걸리 때문일, 제 종이컵이 축축한 까닭도 모르게 이미 취해 버렸다. 파라솔 밑이 좁을지언정 그렇다고 오후 늦게 온 비가 미운 것만은 아니다. 따라나섰던 초등학생 아들, 딸들 죄다 비를 피하기 위해 아빠들 옆 성수부동산 안으로 들어가 줬다.

　나는 우산을 든 채 그 앞을 지나갔다. 거리를 점한 파라솔 내부의 분위기 탓일까 나만 넓게 쓰고 있는 우산 아래가 어쩐지 휑하다. 성수부동산 앞에 저렇게 파라솔이 펴진 건 내가 본 날만 열 번도 더 넘는다. 볼 때마다 성수부동산 주인을 포함 비슷비슷한 멤버의 예닐곱 명이 윷을 놀며 술판을 벌이는 게 전부였다. 또, 파라솔 한 개로 치는 그늘이라 해봤자 얼마나 될까. 그럼에도 중년의 아저씨들은 나무 그늘이 한개도 안 부러울 만큼 웃고 있었다. 그러니 날씨가 궂은 오늘마저도 저렇게나 즐거운 것이다.

어제는 고등학교 동창회에 갔다 왔다. 한 달 전쯤 그룹 채팅방에는 스무 명 넘게 모였다가, 실제 동창회 자리에 나를 포함한 일곱 명뿐이었다. 술을 먹고 새벽 무렵 택시에서 내려 정말 오래간만에 비틀비틀 집으로 걸어갔다. 다른 길도 있지만 직진만 하다 보니 나는 성수 부동산이 있는 그 길을 걷는 중이었다. 물론 파라솔과 거치대는 부동산 건물 옆에 잘 접혀져 있었다. 나는 당장 파라솔을 펴서 친구들과 함께 노는 상상을 했다. 오늘 못 온 친구 놈들까지 다 모였다. 지나는 행인마저 우리를 부러워하는 한 때가 끝나고 나니, 예닐곱 중년들이 내가 부러워 성수 부동산 앞을 도저히 잘 못 지나가겠다.

114p 나는 노래나 부른다

더 많이 마시기도 했는데 뭐 어때. 서울 온 지 하루 이틀도 아니고 이럴 수 있어. N62번 버스를 기다리면서[1] 나는 속으로 오히려 나를 기특해 했다. 버스 안에선 잠시 잠이 들었다가, 다행히 집 근처에서 잘 내렸다. 버스 문이 닫히자마자 노래를 불렀나 그랬다. 걷는 폼처럼 노래 가사가 툭툭 끊겼을 것이다.

서울 오고 나서 회식, 동창회 때 그래도 마셨는데, 역시 늘지 않았다. 글도 늘지 않았고, 글에 대한 철학만 잔뜩 늘어나 마시는 내내 계속 떠들기만 했다. 지금은 또 혼자 노래를 부른다. 이 시간에 겨우 차들을 몰아낸 도로가 멀뚱거리면서 쳐다본다. 좀 더 신경 써서 불러보지만, 초등학생이 부는 리코더 소리처럼 한 글자 따로 한 글자 따로 나와서 새벽 공기에 섞인다.

그러나 모든 소리가 다 의미 있다. 다음 가사를 부르기 위해 숨을 들이키면 은행잎들이 바스락거리며 귀에 부딪친다. 가지, 가지마다 역사처럼 복잡하게 나 있는 잎들. 그래

---

1) 서울의 심야버스

도 가로수는 잠잠하다. 내 머릿속이 저랬으면 좋겠다. 복잡한 건 이젠 어쩔 수 없으니 저렇게 잠잠하기라도 했으면 좋겠다. 핑 돈다. 나는 노래나 부른다.

2장

136p

Come Back Home

논의 모들이 전부 그 자리에서 막 난 듯 짧다. 물 대 놓은 논에 그림자란 없다. 한 낮에. 그럼 뭐 훌쩍이나 커서 돌아올 줄 알았냐. 그러면서 축 처진 내 어깨. 버스 의자에 기대진 못하고 톨게이트를 지난다.

경주는 여전 - 하다. 거기 별의별 공사가 진행되더라 캐도, 옛 그림들이 한낱 박물관 공사 때문에 변하겠는가. 갔다 온 사람 얘기에 하나도 겁 안 났다. 커튼 밖을 보니까다 내가 살았던 데다. 그래 나는 경주에 살았었지, 이게 아니라, 이사를 한 열 번쯤 다니면서 살았던 집들이 저기, 저어기 - . 나는 그림 속에 살았네.

터미널에 내려 곧장 집으로 왔다. 우리 집이다. 물론 모두가 우리 집이었지만, 이번엔 진짜 우리 집이다. 난 멀찌감치 서울에서 글이나 쓰고 자빠져 있었는데, 집을 샀다 하는 얘길 들었다. 기분이 이상했다. 아빠의 젊음을 바쳐 산 방앗간. 그리고 쭉 없자 우리 것은 없구나 하고 살았는데. 집이 너무 부러웠던 꼬마 때 친구한테 그때 니가 진짜 부러웠다 임마 할 만큼 커버렸지만, 기쁜 일임에 당연하다.

"내 왔다."

문을 열어 두었길래. 오전에 온 박스 짐들이 거실 한가득이다. 이 집에 처음인 내 짐들은, 더 이상 이사 갈 일도 없겠지만, 다짐은 여기에 계속 머물 셈이다. 나는 백팩을 내려놓았다. 욕실에서 들리는 소리가 씻는 소리만 봐도 아빠였다. 안이 덥다고 또 문을 덜 닫고 씻네. 요즘 좀 청순해지셨음에 기대를 걸어본다. 나는 열린 문 새로 딱 들어갈 만큼 작게 "내 왔다." 아빠는 그래 하듯 "잘 왔다"

아싸. 나는 잘 온 거다. 아빠만 잘 왔다 하면 그럼 된 거다. 집에 돌아온 아들을 마다하거나 혼낼 사람은 이제 없다. 톨게이트를 통과하며, 거길 나올 때의 다짐들이 떠올라 논의 모처럼 작아졌지만, 이제 나는 논의 모여도 상관없다. 아까 기분엔 그 자리에서 난 듯 보였지만 실제론 제법 자란, 그렇기에 옮겨 심어진 모라는 걸. 훌쩍까진 아니더라도 얼추 제법 나도 자랐겠지. 자랐을 거다.

_____ 140p 밀양2

경주에서 밀양 가는 버스 치고는 많이 탔다. '시외'로만 하루 단 두 번, 그중에 두 번째이니 그런 건가. 서울서 어제 내려온 나는 그만 잠들어 버렸다.

"…대학교입니다. 내리세요."

반 이상 내리는 줄에 참여할 뻔했다가, 창밖을 보고 알았다. 잠결에라도 저건 밀양이 아니다. 안심하면서 다시 나는 잠이 들었다.

"밀양입니다. 내리세요."

잠도 덜 깨놓고 "네"하고 소리쳤다. 나가는데, 정말 밀양까지는 아무도 안 온 건지 아님 다 내리고 깨울 때까지 내가 잔 건지, 버스 안이 텅 비어 있다. 기사님이 바깥에서 창문으로 날 지켜본다. 빨리 내리면서도 혼쭐이 날 준비는 했다. 그런데 기사님이 준비한 건 안녕히 가시라 하는 일부러 해주시는 인사였다. 밀양에 한 명도 안 내린 날도 있었겠다 생각하니 그런 날 슴슴했을 기사님 기분에 양념을 치듯 "감사합니다. 수고하셨습니다." 나는 크게 해버렸다.

나무 의자 몇 줄 놓인 터미널을 빠져나왔다. 경주처럼 날씨가 좋다. 또 나는 고향 경주처럼 길을 묻지도, 따지지도 않을 것이다. 밀양의 어디 어딜 가보고 싶은 게 아니라 그냥 밀양에 오고 싶었던 거였으니. 그래서 바로 오는 시내버스에 올라탔다. "1"이라고 적힌 버스는 내 예상대로 밀양의 심장부를 일자로 가로질렀다.

　재작년 여름, 그러니까 이맘때, 안 가겠다던 친구들을 졸라 여기 첨 와봤던 이유는 영화「밀양」때문이었다. 나말고는 영화는 보지도 않았는데 이틀 동안 거의 영화 촬영지만 찾아다녔다. 1번 버스가 그때 그 다리 위를 건넌다. 창밖에 '영남루'는 밀양 사람들 고개마저 돌아가게 만든다. 나도 고개가 돌아갔지만, 나는 버스와 마주한 쪽에서 걸어오는 친구들을 보는 중이었다. 보고 싶었던 앞모습이 옆모습이 되고 뒷모습이 돼서, 영남루보다 먼저 사라졌다.

　"여보세요? 선배."

　"어, 학준아 도착했나?"

그렇다고 내가 종일 혼자 떠돌아다닐 심산은 아니다. 피서 갔다 오늘 곧 돌아오는 선배와 연극을 볼 예정이다. 지금은 '밀양 연극제' 기간. 선배는 밀양 사람이라서 자기가 끊으면 티켓이 반값이라고 기다리라 했다. 전화를 끊고 또 설렌다. 이러저러해서 못 봤던 연극을 하루에 두 편씩이나 본다니.

선배와 나는 두 번째 연극 「어머니」를 위해 줄을 섰다. 영남루 근처 야외무대엔 강나루다운 바람이 불어왔다. 야외무대는 올해가 최초라는 사회자의 자랑과 함께 연극이 시작되었다. 배우 손숙님이 무대 위에 오르고, 범상치 않은 그녀의 분위기가 먼 자리의 나를 사로잡았다. 첫 대사가 울려 퍼지는 순간 소름이 딱 끼쳤다. 이삼백 명 야외 객석도 비 맞는 논처럼 조용해졌다. 보름달이 떠 있고, 그런 생각을 했다. 만약 저 역할이 '달'이라면, 배우에 따라 반달 초승달도 아름답겠지만, 꽉 찬 보름달이 바로 그녀일 것이라는.

지반이 높은 강나루에서 내려오며 선배가 말해주었다.

영화 「밀양」 때문에 잘못 알려졌는데 실제 밀양 뜻은 비밀의 햇볕이 아니라 빽빽한 햇볕이라고. 나는 듣고 "진짜요?"하고 말았다. 재작년 친구 셋에게 너희 밀양의 뜻이 비밀의 햇볕인데 아느냐고 여기쯤에서 자랑했었나 싶다. 등이 간지럽다. 못 참고 돌아 올려다본, 끝난 연극 무대에 영남루가 계속 뒷모습을 내어주고 있다.

_____   _____   ___

___   _____   _____   _____

___   _____   _____

                _____   _____

_____   _____

___   _____

                _____   _____

_____   _____   _____

        `___   _____   _____

_____   ___

___   _____   _____   _____   ___

___   _____   _____

_____   _____

146p

하늘에 구멍이 뚫렸나

        _____   _____

제 아무리 태풍이라지만 경주로 올 적엔 적잖은 고민이 들었을 테다. 이 도시의 고요함을 깨는 자신이 논에 켜진 경운기의 소음마냥 돼 버리진 않을까 하면서.

한풀 기죽은 비가 그렇게 창밖을 내린다.

"하늘에 구멍이 뚫렸나."

창밖의 경주만큼이나 조용한 집 안에서 나는 목소리였다. 주말까지 일을 하는 엄마도, 남자 뒤꽁무니만 쫓아다니는 누나도 아니라면 당연히 아버지의 목소리겠지. 그런데, 그걸 알면서도 나는 부엌을 가는 척 아버지 방을 들여다보았다. 창문 앞에 뒷짐을 지고 선 자세가 조금 전 나하고 똑같다.

나는 반쯤 따른 물컵을 가득 따른 것처럼 오래 들고 마셔야 했다. 그 순간 물컵 너머 나하고 똑같아져 버린 아버지 모습이 싫어서였다. 오죽 달랐으면, 어릴 때는 그네에 앉아 아버지 욕을 실컷 하며 운 적도 많다. 초등학생 아들이 학년 대표 계주 달리기를 뛰어도 구경 오지 않았고, 매 학예

회 때마다 시화를 거는 아들에게 쓸데없이 액자 값 든다고
타박을 주셨다. 그런 아버지가 지금 '하늘에 구멍이 뚫렸
나.' 초등학생 시 같은 혼잣말을 한다. 찔러도 피 한 방울 안
나올 것 같더니 매일 아침 나 몰래 인슐린 주사를 맞는다.

　꿀꺽, 물을 삼키고 나는 다시 방으로 돌아왔다. 아버지
가 싫어하는 TV 채널을 크게 틀어보는데, 창문 바깥 한 풀
꺾인 비가 가슴 아픈 건 어쩔 수 없다.

_____ 150p 이 밥상

아빠 숟가락에 밥풀이 몇 개 묻었는지 보였고, 엄만 또 식은밥이구나 하고 보았다. 도저히 내 몫이다 감당하고 먹기엔 너무 맛없고, 그래도 정말 이 밥상이 우리 몫이라면 너무 슬펐다. 내 젓가락질은 깨작깨작 먹는다는 표현이 딱 맞았다. 아빠가 밥을 삼키지도 않고 혼을 냈다. 누난 옆에서 더 씩씩한 척 밥을 먹었다. 고개만 돌리면 고깃집 옆 테이블 정도 거리에 TV가 있었다. 픽 고개를 돌리면서 눈엔 눈물이 몇 방울 맺혀 있었다. 그래도 내가 별로 나아지지 않자, 그런데 어떻게 곧바로 나아질 수 있겠는가, 아빠는 TV를 꺼버렸다. 리모컨이 하필 거기 있었다. TV를 틀어달라는 게 아니라 그냥 한번 부른다. "엄마아—" 이 밥상 안 팎으로 아무도 나를 안 도와준다. 결국 집어든 김치가 오늘따라 더 시큼하다.

한번씩 내려갈 때마다 새로운 가전제품이 생겨서 놀란다. 우리 집이 점점 부자가 돼 가는 걸까. 식탁은 생긴 줄도 몰랐던 게 식탁이 있는데도 엄마 아빠는 상을 펴서 TV가 있는 안방에 가서 식사를 했다. 누난 저녁때 잘 안 들어오니까 둘이서만 그러는 것 같았다. 최근에 우리 넷이 집에서 밥을 먹은 적이 있다. 또 나는 아빠 맞은편에, 엄마는 내 왼편에, 누나는 원래 밥을 안 가리고 잘 먹었다. 식탁은 아니었어도 우리는 이렇게 밥은 꼭 다 같이 먹었다. 앞으로 얼마든지 할 수 있는 일인데, 내가 펴고 내가 오므렸던 밥상이라 그런지, 기억 속 밥상 모서리에 난 상처 하나까지 오늘은 참 아쉬운 거다.

올려놓은 발, 불룩 휘어진 샌들, 살을 드러낸 고목의 뿌리. 나는 발바닥에 닿자마자 – 아 맞다! – 생각나면서 고목의 다음, 다음다음 뿌리는 밟지 않았다. 밟고 만 것은 사과했다. 그야말로 훨씬 나보다 어른이겠지. 물론 그것도 맞겠지만 방금 사과하고 내려온 이유는, 마찬가지로 어른인 우리 이모 잔소리 때문이었다.

"야야, 밤에 귀신 나온다 캤제."

나를 안 보면서 해도 나한테 하는 말. 문턱 위에 앉아서 큰방 티빌 보던 나는 안 무서웠지만 더 안 무서운 척했다. 문턱 위에서 계속 티빌 봤다. 이모는 마루를 금세 다 닦았고, 그다음 큰방인데, 그러려면 나와 바투 지나쳐 들어가거나 아니면 내가 내려와야 한다. 빨리 내려오란 뜻으로 여길 쳐다보겠지. 그럼 그때 슬 비켜야겠다. 걸레를 고이 접어 방으로 걸어오는데 우리 이모, 끝까지 나를 안 쳐다본다. 바투 지나칠 때의 표정은 '아까 귀신 나온단 말 거짓말인 줄 아느냐' 그거다.

모두 누웠다. 아 이모부는 빼고. 불 다 꺼놓고 큰방에 나란히 누워서 "전설의 고향" 시청 중. 문풍지 바른 여닫이문도 숨죽인다. 달려있단 걸 어필했다간 귀신이 떼어 갈까 봐 가만히. - 우리 이모 집은 내가 알기로 집을 한번 넓혔다. 일렬로 방 두 개, 부엌, 그 앞앞을 마루가 연결해주는 그대로에서 마루만 쭉 넓혔다. 지붕도 그만큼 넓어졌으며, 마루가 끝나는 둘레에는 유리문들이 마치 함처럼 감쌌다. - 여름밤은 만날 늦는 게 전설의 고향 할 시간만 되면 무척 어둡다. 유리문을 안 열고도 들어와서 밤과 티브이가 몸싸움을 벌인다. 나는 둘 다 무섭다. 여닫이문 너도 무서워서 가만있는다지만, 좀 움직거려서 닫아 놓고 싶다. 유리문들 통과해서 마루까지만, 방안에는 밤이 못 들어오게 말이다.

"학주이 자나?"

마루를 감싼 한 개가 드르륵 열렸다. 나는 엉금엉금 이불을 차고 내다보고도 문턱 바깥엔 안 나갔다. 이모부가 신발을 벗으시려면 아직 남았다. 정확함, 신속함 이런 것들 다 논에 던져놓고 술을 안 드셨겠나.

"학주이 이모부하고 같이 자자. 남잔 남자끼리 자야지. 맞나 아이가?"

마루에 올라오는데 성공하셨다. 이모는 안 일어나고 표정만으로 '맞긴 뭐가 맞노.' 대답은 내가 해야 되는데 못하고, 그러나 논에 사시는 이모부 얼굴을 함부로 맘껏 쳐다본다. 내가 무슨 반응이거나 상관없다 하는 웃음. 그러니 고개만 뻣뻣이 쳐든 내 앞을 그냥 지나가주신다. 말 좀 더 거셔도 되는데. 큰방 앞을 지나 작은방으로 향하는 마루 밟는 소리가 쓸쓸하다.

"이모. 내 이모부랑 같이 자야 되나?"

이모랑 누나들은 신경도 안 쓰이겠지. 나만 아까부터 전설은 무슨 전설 그냥 사극 같다.

"자꾸 묻노. 니가 가고 싶으면 가그라."

이번 전설의 고향이 함경북도 어디임이 밝혀질 즈음 결국 나는 베개를 안고 나섰다. 문턱을 넘자 그다음은 마루. 이모가 낮에 싹 닦은 건 티도 안 나게 밤이다. 밤이 마루다. 나를 안 해친다고 말하지만 그 말마저 무서워하며 다행히 옆방 문턱을 넘겼다. 마침내 이모부 옆에 눕는 것까지, 윽 술 냄새. 근데 코는 전혀 안 고시네. 안 주무시는 걸까. 나는 속으로만 연거푸 물어보다가 주무시는 걸로 결론을 내렸는데,

'야야, 밤에 귀신 나온다 캤제.'

낮엔 잔소리였던 그 말이 생각났다. 지나칠 때 이모 표정은 되려 조카를 염려하는 표정이 맞았다. 나는 내 종아리쯤 오는 이모집 문지방이 신기해서 앉기를 좋아한 것뿐인데. 귀신 나온다 캤제. 귀신 나온다 캤제. 작은방 여닫이문 두 짝도 물론 열렸고, 이모, 누나들은 없고. 나온다, 나온다……눈 뜨니까 이모부는 옆에 안 계셨다. 벌써 논에 가셨고, 나는 내 스스로 잠들었음이 얼마나 다행스러웠는지 몰랐다.

당장은 고목의 뿌리면서 뭐 어때. 문지방과 같다 치면, 내려와서도 또 얼마든지 지금이 흙 덮인 뿌리일 수 있

거늘. 여하튼 나는 그날부터 살을 드러낸 고목의 뿌리마저 조심하면서 살고 있다. 지금 드는 생각인데, 이모부는 옆에 내가 자고 있자 아침에 좀 흐뭇하지 않으셨을까. 아주 오래 전 얘기다. 그런데 지금 가보잖아 이모집은 글쎄 아직까지 문지방이 높고, 마루는 깨끗하고, 이모부는 밤인데 또 안 계신다.

160p 무제2 '신원갤러리&커피'에서

바깥과 마주 보고 앉으신 사장님께서 "비 오는데요."
하신다. 나도 오른쪽으로 고개가 돌아갔다. 바깥 도로만
봐선 잘 모르겠는데 하는 사이 오릉 숲에서 새 한 마리 퍼
뜩 난다. 또 퍼뜩 사라진다.

"진짜네요."

새는 더 조밀한 숲을 찾아 갔을 거다. 나도 우산을 집
에서 챙겼다. 사장님과는 앉아서 주로 경주에 대해 얘기하
는데 나는 다음 할 말이 안 떠올라, 지금은 괜히 바깥을 본
다. 갑자기 컵 표면에 맺힌 물방울이 흘러 손등에 닿는다.

'앗 차거!'

속으로만 그랬다. 손님 없는 갤러리의 정적을 '앗 차
거!'로 깨뜨릴 순 없었다. 그런데 컵 한 방울이 이렇게나
찬데 새는 어떨까. 빽빽한 숲이 어데 빗물 안 새랴. 사장님
이 들려주시는 경주 얘길 또 들으면서 정적이 깨졌는데도,
컵 손잡이 쥔 자세 그대로는 안 바꾼다. 나는 이따가 바지

에 슥 닦으면 그만인 이 물기 때문에 새는 숲을 찾아다녀
야 한다.

_____ **164p** 논 (non)

논에 들어갈 맘도 없는 내라도 한 걸음 뗄 때마다 양옆에서 퐁당 퐁당 퐁당. 진흙 위 몸을 말리고 있던 개구리들이다. 겁 많은 저 녀석들 말고 오른쪽, 왼쪽 논의 어느 한 모(耗)도 이 길 위로 올라서지 않는다. 저것 봐. 쭉 자란 폼만 봐선 벌써 길쭉한 초록색이 여길 올라오고도 남는데. 자주 농사짓는 차량 드나들고, 차도 아주 가끔 한 대, 그리고 지금 나 같은 한량 위해서일까. 딱 내 신발 높이. 가을까진 별로 차이가 안 날 것이다.

이번에는 회색 길바닥 위에 거미가 한 마리 가만히. 올라왔다가 내려가는 길을 까먹은 물거미이지 싶다. 쟤 안 놀래게 최대한 가 쪽으로 살금살금 지나왔다. 일부러 밟은 적도 많으면서 말이다.

'논에 들어가면 다 사니까.'

그런 생각이 들자, 논과 논 사이 만들어 놓은 길도 걸으면서 괜히 폐를 끼치는 기분이었다. 하물며 논 건너 건너 저쪽은 고속도로인데 말이다. 우리 땐 농사짓는 게 당연했다던 아버지라면 무슨 기분이실까. 물어본다면 "가진

논이 서너 마지기쯤 되느냐. 네 앞가림이나 똑바로 해라."
그러시겠다. 나는 발에 물들 듯 푸르른 논을, 저기 멀어도
쌩쌩 달리는 게 느껴지는 고속도로를 한 번씩 번갈아 쳐다
본다. 그래 맞아. 이런 논 서너 마지기쯤 되는 농부도, 고
속도로를 쌩쌩 달리는 드라이버도, 나는 아니잖아.

---

non: …않다, …아니다

168p 부전역 승객

옆자리에 던져진 가방과 꽃다발을 무릎 위에 안는다. 한 정거장 먼저 탄 것 같고 뭘 준비나해서 맞이하는 기분이다. 올라타는 숫자는 열차가 흔들릴 정도. 안이 북적북적한다. 옆에 아무나 타거나 상관없는 척 나는 빨리 오른쪽으로 돌리는데, 한번도 맞이할 준비를 하고 맞이하고 해본 적 없는 표정으로, 창문 밖 해운대역은 승객들을 다 뺏겼다. 열차가 움직인다.

밤바다겠다. 옆자리엔 가방과 꽃다발. 부산에 올 때 파란 낮인 바다를 실컷 보다가 끝나면 해운대역이었다. 그러니 부산을 나가는 지금 바다가 나타날 때다. 자리는 와중에 내가 계산해서 탔다. 파란 바다가 왼쪽에 있었으니, 지금 오른쪽 창문에 검은 바다라도 바다가 나와야 되는데 아마 나타날 때가 됐는데. 창문을 벅벅 문지르며 닦았다가, 양손을 오므리고 붙여 두 눈을 창문에 담가봤다가,

지금 바다일지 모른다. 포기하고 등을 푹 기대어 창문을 바라보니 등을 푹 기댄 나와 옆자리에 꽃다발 그리고 가방이 보인다. 밖은 어둠이고 어둠에 자랑하듯 밝은 빛은 창문을 통해 열차 칸 안을 다 비춘다. 그러나 다행히 가방

안은 나만 보인다. 졸업식을 안 가고 오늘에서야 찾아온 졸업장. 혹시 그날 내가 올까 조교인 친구는 꽃다발을 준비해놨었고, 잎이 다 시들어 지금 가방 옆에 있다. 나완 참 안 어울린다. 졸업장과 꽃다발. 그러니 지우고 이제라도 바다를 내놓았음 좋겠는데, 바깥 모텔 네온사인 글자는 얇은 제 몸만 밝히며 어둠을 하나도 안 몰아낸다.

_____ 172p 친구2

합이 너무 쉽게 들어맞았나, 술을 붓자 하는 태도가 테이블 위 국물이 끓도록 없다. "끓는다." 그러니 마시자가 아니라, 그쪽에서 불을 낮추거나 끄거나다. 마시는 동작이 따라오게끔 누굴 썹을 수도 없는 게, 다 모였다. 그때 우스갯소리로 우리 뭐 해 먹고살래?

평소에 모였어도 잘 몰라서 잘 안 했던 돈, 졸업, 취직, 꿈,…… 아는 내용만 얘기하는데 새벽이다. 나는 내가 조금 전까지 얼마어치였다가, 녀석이 나름 하는 얘길 들으니 이젠 얼마어치다. 다른 무언가가 남아있는 녀석이 또 끓으면서 시작한다.

졸아서 그만 국물이 없다. 술을 마시긴 했는지 주문서 몇 칸이 그려져 있다. 그래 일어나자. 그럼 조심해서 들어가래이. 뿔뿔이 흩어진 우리의 값들을 한번 다 더해보니, 지난번 모였을 때 하고 똑같다.

___**174p 기다림** 피천득의 시 「기다림」을 읽고

"다녀왔습니다."

"우예 같이 안 오고?"

"누구?"

"느그 엄마. 닌 머 타고 왔노?"

"쌤 차. 엄마 왜?"

"니 태우러 간다 카디 둘이 못 만났나? 오토바이 소리 안 나노 캤다."

아빠가 무슨 말하는지 단박에 못 알아들었지만 일단 티를 안 냈다. 남의 일처럼 저래 말하는데 나만 뭣하러. 보다시피 난 참기름 짜는 기계 옆에 서서, 그니까 이 상황이 잘못 됐다는 그 말인데. 내가 간 곳은 오늘 학교 말고 딱한 군데다.

"정신 사납구로 와 서가 있노?"

"엄마 언제 나갔는데? 아침에 내 태우러 온다 안 했잖아."

"올 때 다 됐으니까 들어온나. 정신 사납다."

아빠는 내가 서 있으면 손님이 들어오는 게 안 보이므로 정신 사납다는 말이다. 그 말이 달리 사나워지기 전에 앉아 있는 방 안으로 들어간다. 신발 끈을 풀면서 다시금 물어볼 생각은 함부래 접었다. 그래. 내가 아침에 똑바로 말 안 해주긴 했다. 그래도 엄마는 내가 언제 마칠 줄 알고.

잘 아는 오토바이 소리가 난다. 내다보는 방앗간 유리문이 차츰 불빛 색깔로 노래지다가 시동이 탁 꺼진다. 노란색이 차갑다. 나는 후딱 신발을 신고 가게 밖으로 나가봤다. 내리는 엄마 얼굴에 맞으면서 온 찬 공기가 그냥 있다.

"학주이 왔네."

낮이 밤이 됐는데 그럼.

"쌤이 태워주더라. 엄마 진짜 거기 갔다 오나?"

"다행이다. 엄만 안 드가고 운동장에 서 있었는데 못
봤나?"

"어."

"암만 기다려도 안 나오길래 희한하다 그러고 있다가
나오는 사람 붙들고 물어봤지 '벌써 끝났어요.' 그러더라."

나는 엉겁결로 우리 학교 대표가 돼서 토론대회에 나
갔다가 돌아왔다. 학교들 중 하나인 계림초등학교는 꽤 멀
었다. 학교 마치고 거기 간다 말만 하고 어떻게 돌아오는
지는 엄마한테 안 말했다. 왜냐하면 그걸 나도 모르고 갔
거든 정말로. 따라갔던 선생님이 우리 집 아니 우리 가게
부근에 사셔서 그 차를 얻어 탔다.

들어오니까 엄마 양쪽 볼이 빨갛다. 아빠는 안 보고 빨
리 밥해라 한다. 가게 안인데도 별별 살림이 다 들어있어
서 엄마는 오기 무섭게 싱크대 앞으로 갔다. 나는 서 있는

뒷모습을 쳐다봤다. 무슨 생각을 했는지는 모르겠다. 아빠가 가지 말라 하는 걸 엄만 기어코 간 거라 나는 미안할 게 하나도 없는 듯이 됐다. 엄마 스스로 역시 그렇다. 내가 무사히 와 있어서 다행인 그거 한 가지다. 왜. 엄마는 왜 나를 자꾸 기다려주는 걸까. 요즘까지도 말이다.

"경주 사람들이 더 모르지?"

내가 경주에서 올라왔다고 하니까 질문을 저렇게 한
다. 나는 '이 새끼가' 하려다가

"웅. 대부분 잘 모르지."

하고 넘어갔다. 쭉 서울에서만 살았다는 애한테 이렇
게 물어볼 수도 없는 것이다.

"너 한여름 밤에 능과 능 사이를 걸어봤니?"

나는 그땐 자전거를 타고 있었다. 도시였으면 부끄럽
다고 안 탔을 낡은 자전거를 타고 괜히 한 바퀴 돌아 집
으로 가는 것이다. 오늘은 이렇게 한번 돌아봐야지. 어떻
게 돌아가나 능과 능 사이를 지나면 또 능과 능 사이. 타다
가 멈춰서, 바로 옆을 올려다보기도 한다. 밤인데 불구하
고 산 올려다보는 것 같이 시원하다. 그리고 꼭대기엔 별
들이 참 많다. 나는 내친김에 첨성대로 가봐야겠다 신나게
페달을 밟는다. 첨엔 먼 곡선을 그려놨다고 미안해하는 능

과, 나중엔 천천히 돌아갈 수 있어 고마워하는 사람. 경주
엔 이 둘이 함께 살아간다.

한참 덜 왔는데 벌써 첨성대가 보인다. 경주에 높은 건
물이 없는 이유를 도시에 살아보면서 알았으니까 나는 진
짜 머리가 나쁘다. 저 멀리로 큼지막한 능들이 아까보다
더 크고 더 많다. 첨성대를 지키는 호위무사 행렬인가 싶
다. 가까이서 지날 땐 능 사이사이가 자전거 운전이 어지
러울 정도였는데, 저 멀리의 능들은 열이 나란하기도 하
네.

'네가 동양 최초의 천문대라며?'

첨성대에 도착하자마자 한마디 하고 돌아 나왔다. 나
도 결국엔 경주 사람인지라 한 가지를 넋 놓고 쳐다보진
않는다. 대신에 밤하늘을 올려다봤다. 왕과 왕비의 무덤이
라지만 대부분 도굴된 상태여서 사실 그게 아닐 수도 있다
는 가능성과, 첨성대도 실제론 천문 관측기구가 아니었을
거란 추측들. 내가 역사학과를 나와서가 아니라, 경주에선
다 안다. 하지만 더 모른 척 살아가는 이유가 있다. 여름이

찾아오면 경주를 한번 가봤으면 한다. 밤에 당신이 무엇이
든 보게 된다면, 그게 이유일 것이다.

_____ 184p 얇은 손목

교실 책상에 앉아서 방금 체육시간에 못 넣은 슛 하나를 쏘고 있다. 슛, 슛, 나는 공을 튀기면서 재치는 기술도 좋고, 달려가서 골대에 점프하면서 쏘는 레이업도 잘 하는데, 멀리서 쏘는 슛이 도대체 잘 안 될까. 농구에 젬병인 놈들까지도 슛은 그럭저럭 된다. 다시 제대로 보여주려면 다음 주 체육시간까지 기다려야…. 일주일에 한 번뿐인 체육시간 다음 이 수업엔, 진동하는 땀 냄새뿐만 아니라 모의고사를 치른 뒤와 같은 엄숙함이 있다. 수업을 들으면서도 누구는 잘 뛴 걸 뿌듯해하는 반면 누구는 아쉬워하는. 나도 그랬다가 아쉬움이 점점 마른다. '내 슛이 엉망이었어도 다른 기술들을 다 잘 하니까 잘해서 칭찬을 들을 정도니까 기억씩은 못 할걸.'

성인이 되고 얼마 안 있어 할아버지께서 돌아가셨다. 우리 할아버지 하면 떠오르는 모습들이, 술 드시는 모습이 제일 그래도 먼저고, 그다음은 내 손목을 잡아주셨던 그 모습이다. 자세한 기억은 아니지만 계시던 아랫목을 "할아버지 안녕하세요." 무뚝뚝한 인사로 들어가서, 절을 올린 다음 앉았다. 나도 갑자기 키가 컸던 무렵이라 본인 무릎 위엔 못 앉히고, 내 손목을 꼭 움켜쥐시더니

"아이고 손이 왜 이래 얇노? 이래가 글씨나 쓰겠나?"

딱 두 마디 하셨지만 손목은 그것보다 더 오래 쥐고 계셨다. 나는 할아버지 방 안 냄새가 싫다고만 생각하고 있다가, '할아버지 저 글씨 잘 써요.' 라던가 '저 공부도 열심히 해요.' 라던가 그 말에 반박을 하고 싶어졌다. 물론 못 했지만.

아쉬움도 말랐고 그러면 틀린 문제를 다시 푸는 마음으로 슛을 쐈는데, 또 틀렸다. 또 풀면 또 틀렸다. 내 손목의 힘이 약해서, 그래서 농구공에 스냅이 잘 안 걸린다는 걸 성인이 되고 나서야 알았다. 부끄럽지만 이유를 알고 나선 농구를 한 적이 거의 없다. 나는 생각날 때마다 한쪽 손으로 다른 쪽 손목을 쥐어본다. 엄지손가락에 새끼손가락이 닿을 정도로 손목이 얇긴 얇다. 할아버진 술이 오른 중에 손자의 그게 보이셨던 거다. 할아버지께 그때 반박을 전혀 못 했으니 지금이라도 속 시원히 얘기하고 싶다. 이 손목으로 연필로 글씨도 잘 쓰고, 요즘처럼 컴퓨터 타자를 종일 치고, 그리고 농구도 잘 한다고 말이다. '꼭 3점 슛을

잘 쏴야 농구를 잘 하는 건 아니잖나.'

188p 3호차 11호석

조금 둘러 간다는 것을 알고 있으나 이번에도 나는 버스 대신 기차를 택했다.

"다음 분요."

"네, 경주 성인 한 명이요⋯⋯."

　표가 나오기 전 아주 잠시 동안이지만, 매표소가 내어놓는 떨림이란 게 있다. 목적지까지 얼마큼 편안하게 가느냐가 바로 지금에 달려있기 때문이다. 마침내 매표소는 떨림이 묻은 열차표 한 장을 내밀었고, 두 손이 움직이기도 전에 내 두 눈이 얼른 그것을 받아 든다.

'3호차 11호석'

　홀수 번호다. 내심 기대했던 창 가 열 말이다. 나는 한 손으로 건네받던 열차표에 재빨리 나머지 한 손을 보태어, 고마움과 공손함을 동시에 표현했다. 이제 매표소 창구를 나와 마음 놓고 열차를 기다리기만 하면 된다. 미리 인기 있는 자리를 예매해 둔 극장 손님처럼 발걸음이 당당해졌다.

철도는 레드 카펫처럼 누워서 5분 넘게 열차를 기다리고만 있다. 그때, 저 멀리서부터 천천히 걸어 들어오는 불빛이 호사롭다. 사람들은 '적당히' 늦게 도착한 열차를 더욱 열렬히 반기는 분위기였다. 나는 그들과 섞여 열차에 오르며, 조금 먼저 와서 사람들을 기다리는 시외버스를 떠올렸다.

열차 칸 내부는 몇몇 사람이 서서 가야 할 만큼 그야말로 만원이었다. 자리에 앉은 나는 작별할 사람도 없으면서 곧장 바깥을 내려다보았다. 예상했던 대로 누군가가 다른 칸 창문을 향해 손을 흔들고 서 있다. 열차가 움직이기 시작했음에도 계속 손을 흔드는 까닭에, 그의 인사가 나의 창문에도 잠깐 스쳤다. 손짓은 잘 가라고 보내주지만 서 있는 모습이 싫은 내색 못 하고 가을을 떠나보내는 허수아비 같아서, 열차가 기왕 늦은 거 조금 더 늦어도 됐는데 하는 아쉬움마저 들었다. 그러는 동안 내 옆자리엔 어느새 아저씨 한 분이 와서 앉아 계셨다.

열차 속도가 빨라지면 속도가 없는 창문 밖이 더 잘 보인다. 파도가 센 탓에 한여름에도 사람을 못 만났을 외로운 바다, 어둔 골목에 수명이 다 되어 가는 어느 가로등의 호소······. 돌보는 이 없을 저 풍경들은, 괜찮다면 열차 어느 칸 구석에라도 같이 태워 가면 좋겠다. 그래서 나는 눈으로만 풍경들을 태워 보다가, 창유리로 옆자리 아저씨와 눈이 딱 마주쳐 버렸다. 창가 자린 비록 아니지만 아저씨도, 언젠가 열차 밖으로 느꼈던 감정이 아스라이 남았을 테지.

바깥 풍경을 아저씨께 양보하고자 나는 엉덩일 살짝 반대로 틀어 열차 안을 둘러보았다. 앳된 소녀들이 좌석을 돌려 자기들만의 수다 방을 만들어 놓은 것이 제일 먼저 눈에 들어온다. 통로에는 선 채로도 편안히 책을 읽는 한 청년이 있고, 대화 삼매경에 빠진 저 아주머니 둘은 오늘 조우한 옛 친구 사이일지도 모른다. 그런데 이곳, 저곳 담느라 지쳤는지 갑자기 두 눈 가득 졸음이 밀려온다. 스르륵 눈이 감겨 버렸다.

눈 떠 보니 밖으로 기와집들이 하나 둘씩 지나가고 있다. '경주역'이 다 와 간다는 신호이다. 이내 열차와 열차

차창 밖의 속도가 같아졌고, 나는 역에 내려 크게 심호흡
한 번으로 남은 졸음들을 내쫓았다. 그리고 몇 걸음 걷는
데 다음 역마저 늦어선 안 되겠는지 열차가 벌써 출발을
한다. 열차와 내가 서로 반대 방향을 향해 걷는, 짧은 몇
초 동안이었다. 이제는 내가 열차 안 누군가의 창밖 풍경
이 되어 있었고, 나도 모르는 나의 이야기가 만들어짐에
등이 뜨끈해왔다.

흰색 포터 운전석에서 삼촌이 내린다. 문은 꼭 세게 닫는다. 대충 오늘 하루도 털어버리려고 하는 듯이. 일반 승용차보다 커서 포터는 문을 세게 닫아야 잘 닫힌다는 걸 나중에서야 알았다. 아무튼 삼촌이 우리 집에 놀러 왔다. 평상복 같기도 작업복 같기도 한 차림으로 우리 집을 마치 자기 집처럼 들어왔다. 쪼그만 게 뭘 알겠냐만은 나는 그런 삼촌의 모습이 털털하고 잘나 보였다. 무뚝뚝하다 해도 누나 이름, 내 이름을 부를 때 삼촌은 꼭, 이름 중에 한 글자만 길게 부른다거나 하는 식으로 우릴 괴롭혀주었다. "학— 주이" 이런 식으로.

희한하게도 삼촌이 오면 항상 삼겹살을 구워 먹었다. 좁은 방 안이 키 큰 삼촌과 고기 굽는 연기로 가득 찼다. 배가 풍선처럼 불러서 집 밖으로 나오면 그다음은, 삼촌을 배웅하는 일이었다. 그때 삼촌이 번쩍 나를 들어 올려 포터 화물칸에 태웠다. 탈 것도 많지 않았던 다섯 살 여섯 살 한테 거긴 되게 높고 재밌는 장소였다. 안 내려오겠다는 나는, 그럼 그대로 출발해야겠다는 삼촌 말에 또다시 속아서 안겨 내려와야만 했다.

그때 삼촌 나이가 스물여덟. 내가 알기론 그 훨씬 전부터 삼촌은 도배공으로 일했다. 어느 날은 배웅하면서, 포터 뒤에 올라 타보지 못하고 끝나기도 했는데, 거기에 이미 벽지와 장판이 둘둘 말려 꽉 실려 있었기 때문이다. 나는 문 닫힌 놀이동산을 바라보듯 아쉬워했었다. 삼촌은 그게 다 일이었을 텐데. 올해 스물일곱. 그러니까 내가 내년이면 그때 삼촌 나이가 된다. 차에서 내려 바지를 툭툭 털면서 조카한테로 걸어갈 수 있을지 나는 아직 자신이 없다. 차는커녕 운전면허도 없다.

요즘도 명절 때나 만나면 삼촌은 내게 "학- 주이"하면서 불러주는 것 말고는 없다. 왜 그거면 충분할까. 아 그러고 보니, 그때 스물여덟의 삼촌이 우리 집에 놀러 오면서 항상 삼겹살을 사왔었나 보다.

_____ 198p 얌전한 구름

시내 상가 한복판, 안 틀면 손해라는 공식 때매 볼을 딱 맞대고 노래는 다 다른 노랠 튼다. 안경점, 등산복, 파스타. 들으면서 걷다가, 저기 대여섯 명 남짓이 이쪽으로 걸어온다. 시끌벅적해도 남학생들이다. 노래가 몇 곡이 겹쳤는데도 자기들이 가장 값비싼 스피커다. 점점 더 커지다가 옆 가게 볼륨까지 꺾고 나를 지나치는데, 중2 아니면 중3. 상가 안을 마치 자기들이 점한 듯하다. 나는 내가 이렇게 비켜 서 있는지도 모르고 비구름 빠지듯 우르르 사라지는 저들을 지켜본다. 다시 시끌벅적한 시내다.

선생님께서 종례를 끝내시려다 갑자기

"이학주이 요 전에 기말고사 몇 등 했노?"

"네? 18등요."

"오~"

선생님께서는 듣고 아무 말 없이 나가셨고, 뒤에 "오~"한 건 맨 뒷줄 몇 명이었다. 중3 반 배정을 받고 처음이 교실에 앉은 날이었다. 처음 한 반 된 친구의 등수를, 그게 몇 등이 됐건, 야유하기란 쉽지 않은 일인데. 내 일이라서가 아니라 "오~"는 분명 야유였다. 그러나 나는 뒤를 한번 흘겨보지도 못했고 왜냐하면, 맨 뒷줄이 누구고 누구고 하는 것 때문이었다.

둘째 줄에 앉아서 나는 쫄았다. 오늘 하루는 배정된 자기 교실, 원하는 자리에 앉으면 됐지만, 나는 하필 둘째 줄에 앉았다. 내가 교실 앞문을 들어섰을 땐 거의 다 차고 빈자리가 몇 개 밖에 없었다. 그것 때문이 아니라, 그래도 낯익은 얼굴들이 있나 좀 보다, 맨 뒷줄과 눈이 딱 마주쳤기 때문이다. 나는 빨리 앉았다. 학년 통틀어 소위 젤 잘나간단 녀석들이 신호가 꼬인 교차로처럼 삐딱하게들 날 쳐다봤다.

선생님이 교실 밖으로 나간 뒤에야 선생님이 원망스러워졌다. 맨 뒷줄 그리고 나 사이의 거리는 자리도 멀지만 더 멀어지고 말았다. 모범생 이미지, 문학소년, 문예부. 작년까지 나 하면 떠오르는 이미지들을 나는 망친 시험마냥 되돌리고 싶었다. 그래서 나도 우리 반에 다 모인 잘나가는 녀석들이랑 뻐딱하게 맨 뒷줄에서, 교통신호 잘 지키는 앞줄을 쳐다보고 싶었다.

나는 어느 날 수업을 마친 담임선생님을 뒤쫓아 나갔다. 벌써 한 층 내려간 선생님을 계단에서 붙잡고선,

"선생님 죄송한데 저…다시 자리 앞줄로 바꿔주시면 안 돼요?"

거리를 확 좁힌 나는 교실 맨 뒷줄이었다. 바람대로, 잘 나가는 애들이랑 급식을 먹고, 시내 노래방도 가고,……거기서 한번은 담배엘 손댔었구나. 선생님께서도 대충 아셨을 거다. 왜냐면 내 성적이 두 배씩 떨어졌기 때문이다. 교실 아닌 계단에 따라나와 자릴 바꿔 달라는 애한테 선생님은, 말없이 고개를 끄덕여주셨다. 교무실로 다시 내려가시고, 나도 내려온 계단을 한 계단씩 툭툭 올라갔다. 기껏 친해진 녀석들이 볼라 복도에 난 그림자들을 살피며 툭툭.

나는 옆으로 비켜 주면서, 시내를 점한 듯 주고받는 소

리에 귀까지 기울이고 섰다. 대여섯 무리 중 한 명이 나 같아서였다. 무리를 절대 앞서거니 못 하고, 제일 큰 소리를 내는 한 명 뒤에서, 언제쯤 끼어들어야 할지 고민을 했다가, 했다가, 했다가. 비구름도 아닌 게 따라다니는, 나 맞았다. 다시 시끌벅적한 시내다. 대여섯 다 비구름인마냥 빠져나갔는데, 시끌벅적한 시내는 비온 뒤 얌전한 구름만 남은 하늘같이 파랗다.

뒤를 안 돌아봤으면 모를까 돌아봤으니까 벌써 몸이 길가 쪽으로 휜다. 도로 옆에 할 수 없단 식으로 삐져나온 살들, 사실상 그게 인도. 새로 칠한 도로가 아주 눈꼴셔도 나는 가능한 한 인도로, 인도로 더 갔다. 도로변의 가게와 는 거의 딱 붙어버렸다. 낡은 오토바이 가게 안 아저씨 세 분이 감 다 떨군 감나무에 까치들처럼 앉아 계셨다.

아저씨들과 눈이 마주치자 반대로 내가 달아나듯 뒤를 돌아봤다. 나는 비킨다고 비켰는데 할아버지께선 세상 온 화한 표정. 오고 계신 건 분명한데, 아까 봤을 때하고 거리 가 별반 차이가 안 났다. 주름 대신 녹이 슨 자전거는 할아 버지를 도왔다. 할아버지께선 허리를 꼿꼿이 펴는 대신, 두 개 자전거 페달끼리가 주거니 받거니를, 도는 바퀴가 새로 칠한 도로를 찧는다. 나는 알아서 비켜선 걸 생색 하듯

'할배 조심해서 타소 인도도 좁구만,.'

내 뒤에서 올 때의 그 폼으로 내 옆을 지나가신다. 느 릿느릿. 드디어 걷는 이를 따라잡았다 말씀은 없으시다. 이제 보이는 할아버지의 뒷좌석. 도로와 인도 구분 없이 사시면서 감수하셨을 대비들이, 줄로 한 바퀴, 한 바퀴 달 걀 한 판에 잘 묶여져 있다.

__ 206p 왜냐하면 우리 큰아빠는

아까 생각났다면 속으로 그래 그러려니 하고 넘어갔을, 그러나 지금 술이 얼큰하게 올랐기 때문에, 질문들을 하나둘 꺼내신다.

"학주이 니는 요새 만나는 여자 있나?"

내 차례였다. 속에서 '네' '아니요'가 서로 몇 번씩 튕기다가

"돈도 없는데 누가 야를 만나주노."

마치 내가 대답한 것처럼 됐다. 질문했던 큰아빠가 피식 웃으셨고, 아빠는 나 대신 대답해놓고 나를 못 쳐다봤다. 일단 좋은 안줏거리가 된 것만은 분명했다. 그리고 그렇게 말해준 아빠가 나는 오히려 고마워졌다. 아니었다면 내 대답이 끝나자마자 '그럼 취직 준비는 다 했나' 하는 질문이 뒤따라왔을 테다. 나는 대꾸를 안 했지만 다행히 거실 분위기는 어떤 간을 해도 맛있는 명절이었다. 어른들, 조카들 모두.

그러다가 종호 삼촌 얘기가 나왔다. 더 나올 안주도 없었다. 잔을 받는 순서와 마찬가지로 큰아빠가 앞서 이야기를 하셨다. 다시 다들 말수 적은 경상도 어른들이 되셨고, 조카들도 막내 초등학교 6학년까지 입 꾹 다물었다. 나는 일부러 귀담아듣지 않았다. 그사이 해가 바뀌었다지만 채 반 년도 덜 된 일이다. 동생을 일찍 여읜 게 이번이 두 번째인데 큰아빠의 기분을 짐작해서 무엇 할까.

종호 삼촌 장례식장에서였다. 이튿날인가쯤, 안 먹는 사람도 있고 모여 앉아서 밥을 먹다가, 큰아빠께서 무언가를 들고 오셨다. 정말로 내 책[1]이었다. 앉아 있다가 놀란 나는 벌떡 일어나면서 큰아빠를 말렸다. 큰아빠는 내가 그러든 말든 가족들한테 이 책에 대한 간단한 자랑을 하셨다. 나는 포기하고 테이블을 한 바퀴 도는 책을 지켜보았다. 귀가 빨개져서 슬픈 것도 잠깐 잊고.

책이 나오기 전부터 큰아빠를 반드시 드려야지 마음먹고 있었다. 결혼해 분가한 사촌 형한테 주소를 물어 큰집

---

1) 예전 독립출판으로 낸

에 책을 보내드렸다. 왜냐하면 우리 큰아빠는 도자기를 빚으신다. 경주에 사셔서 나 어릴 때부터 자연스럽게 지켜봐왔다. 낮에 가면 혼자 앉아서 흙을 만지고 계신다. 내게 "학주이 왔나." 하곤 계속하신다. 가마가 있는 작업장에서 밤까지 그러다 방으로 넘어와서 다 같이 저녁을 먹는다. 화장실에서 한참 물로 씻고 나온 손에선 흙고물이 떨어질 것 같았다. 그런 큰아빠다. 가끔 위트도 있지만 결국 다른 삼촌들과 마찬가지로 무뚝뚝하시다. 그래서 당신 도자기에 대한 자랑은 오늘 같은 명절에도 안 하시는데, 동생의 장례식장에까지 조카의 책을 들고 오셨던 거다.

_____ 210p 고백2

내 주변엔 여자인 친구들이 많다. 그래서 부럽다, 거만하다, 너는 왜 연애를 못 하는지 모르겠다… 이제는 말도 잘 안 해준다. 어설픈 고백들을 해봤다. 친구이다가 불편한 관계가 되길 수차례. 전혀 모르는 너희에겐 못 한다고도 안 한다고도 할 수 없어, 대나무 이파리처럼 날카로운 척, 빨리 딴 얘기나 하자 한다.

자전거를 타면서 지나가면서 이쪽으론 쳐다도 안 보는데 마치 나를 쳐다보고 있었다. 나는 이 느낌이 뭐지 하고 자리에서 벌떡 일어났다. 학교 어디론가 가는 자전거. 여기 가만히 선 상태로 옆에 나란히 타다가, 오늘은 그만 놓쳐야지 놓쳤다. 놓친 자전거는 멀리도 안 갔다. 탄 여자애는 우리 학교에, 학번도 나와 같은 학번. 조금 더 알아보니 내 친구의 친구와 친구였고, 조금 더 알아보니 남자친구가 있었다.

여자애들끼리 도시락을 싸 오기로 한 날인가 보다. 낯선 여자와도 별 거리낌이 없는 나는 그 새에 슬쩍 끼었다. 말 걸기는 내 친구의 친구에게 걸었지만, 눈은 그 애가 무슨 어떤 반찬을 싸 왔는지, 혹시 남기면 집에 들고 가기 어려울 텐데……. 남자친구는 계속 있었다.

몇 년이 흘러 나는 서울에 왔다. 그 애도 서울에 있다는 걸 알았지만, 내가 몇 년 전에 좋아했던 여자애였고 이젠 그냥 친구였다. 나는 홍대에서 아르바이트를 했고 그 앤 상수에서 일을 했다. 그럼 얼굴이나 볼까 하다 서로 타지 생활을 걱정해 주는 사이가 됐고, 나는 내가 그 애의 퇴근시간을 한참 기다려 주고 상수역 근처 음식점만 맛있어한다는 걸 알았다.

고백은 역시나 서툴렀다. 더 친구가 되기 전에 한다고 했지만, 그 애는 이미 내가 워낙 친구였던지, 내 고백을 듣자마자 엥 울어버렸다. 나중에 천천히 내 속마음을 얘기했을 때, '나'라는 친구를 잃기가 싫어서 울었다는 것처럼 들렸다. 추운 겨울날 따뜻한 와인 두 잔씩을 먹고 합정역까지 같이 걸어갔다. 홍대와 상수 사이의 합정역에서 미안하다는 이야기를 들었다.

나만 좋아했어도 좋았다. 부끄러워서도 아니고 혹시 너희와 그 애가 불편해질까 쭉 비밀로 부쳤던 거다. 그러니 너무 장기간 흔들리지 않는 거 아니냐 걱정 좀 말아라. 날카로운 척을 했지만, 길 가는 바람에도 흔들릴 만큼 이파리라서, 나는 할 수 있을 거다. 부럽다, 거만하다, 너는 왜 연애를 못 하는지 모르겠다… 너희 말이 맞긴 다 맞다. 너희들의 응원을 앞으로도 빈다.

_____214p

무제3

신원갤러리 갔다가 남천[1] 다리 건너오는 도중 학 한 마리가 난다. 난 뛰어들겠다 한 적 없건만 다리 이쪽에서 날아 다리 저쪽으로 가서 앉으면서 남천에 너는 내려오지 말란다. 고개를 뻣뻣이 들었어도 내 쪽은 안 쳐다보면서 무시를 준다.

다리나 건너려던 나는 안 되겠다 센 걸음으로 나가는데, 센 걸음 나가는데, 센 걸음으로 나아 - 나가자, 역시나 놀라서 일어선다. 날개가 다 펴지기까지만 센 걸음이 몇 걸음 갔나 몰라. 나로부터 도망친다는 학의 날갯짓은 전깃줄마저도 현처럼 연주한다.

---

1) 경상북도 경주시 구정동에서 발원하여 형산강으로 유입되는 하천

_____216p 가을

모든 것들처럼 나뭇잎이 떨어지는 계절이다. 여름 내내 보면서 위안 삼았던 난데, 저토록 갈색의 가볍고 약한 존재들이었다. 바람은 우리가 미안해할 것 있느냐며 분다. 한 잎 씩 다 떨어지고 어느 날 내가 나무로부터 아버지의 다리를 본다면 그땐 겨울이겠지.

나는 이번 추석에도 아버지의 다리를 보았다. 보지 않았더라면 하는 이유 같은 건 하나도 없다. 다만 이제 털이 거의 다 빠지셨고, 그걸 아버지 스스로도 무덤덤해한다는 사실이다. 몇 년 정도는 아버지께 죄송스러웠다. 어쩌다가 둘 다 반바지를 입고 나타나면 엄마는 안 해도 될 비교를 꼭 하고 넘어갔다. 우리 아들 다리 좀 보라며 그리고 당신 다리도 좀 보라며, 내가 털이 많으니까 더 건강해 보이고 좋다 했다. 내 다리가 별로 건강하지 않기 때문에 부러 그러셨을 수도 있다. 그러나 아버지의 표정은 머쓱했고, 자꾸만 빠진다 하는 혼잣말은 작고 가늘었다.

고등학생 때부터 다행히 키가 커졌지만, 중학생 때 나는 교복을 입힌 초등학생과 다름없었다. 어느 순간 아버지와 함께 목욕탕을 가는 일이 부끄러워졌다. 꼼꼼히 살펴보

아도 아직 나는 털이 나지 않았다. 그럼에도 꼬박꼬박 목욕탕을 따라다녔던 까닭은 아버지가 무서웠기 때문이다. 아버지는 언제나 말 한마디 않고 내 등을 밀어주셨다. 부끄러움에 자꾸 몸이 움츠러들어서, 똑바로 대라고 아버지께 등을 한 대 얻어맞았던 기억이 난다. 나도 말 한마디 않고 아버지의 등을 밀어줄 때, 그 넓고 단단한 등이 내심 부러웠었다.

막 떨어뜨린 잎사귈 찾다가보니 겨울이고, 마지막 잎이 떨어진 게 바로 어제 같은데 하다가 봄이 와서, 나무는 다시 물들 것이다. 또 중학생처럼 기뻐할 수 있다. 슬픈 것은, 요즘 따라 아버지가 안 무섭고, 그런 아버지의 다리엔 털이 안 난다는 것이다.

220p 이별택시

아주 친절한 기사님이셨다. 앞좌석 발을 놓는 곳에 캐리어를 세우고, 무거운 백팩과 나는 뒷자리 한 칸씩에 타도록 잘 설명해주셨다.

"오릉 후문이요."

이미 말 해놓고선 나는 부탁할까 말까 망설여졌다. 백미러 속 가로로 긴 선글라스가 왠지 그래도 될 것 같이 보여서

"죄송한데 거기 잠시만 내렸다가요, 다시 터미널로 가주세요….”

나를 향해 몸을 반쯤 돌리시길래 언짢으신가, 지레 겁먹은 나는

"오릉 후문으로 우선 가주세요!"

"오릉 후문~" 기사님은 추임새까지 켜며 출발하셨다.

택시 유리창 바로에 나타난 돌담은 나지막해서 저 멀리 산조차 못 가린다. 하긴 걸을 때 발뒤꿈치만 들면 돌담 안이 다 보였으니까. 안에서 오릉을 지키며 소나무들은, 자기 몸에 긴긴 경력을 새기느라 울창함이 덜 하다. 그런 와중에 소나무와 소나무 사이를 뛰노는 뭔가. 발뒤꿈치를 들고 내가 훔쳐본 건 고라니였다.

"기사님 여기요! 차 돌리시고 한 10초만 기다려 주세요! 죄송해요."

"여기요? 돌립니데이 ~ "

"네!"

나는 몸만 내려서 오릉 후문 맞은편 신원갤러리로 들어갔다. 문에 달린 종소리가 짤랑. 사장님이 안 보이는데, 갤러리 안쪽 마당에서 무슨 작업 중이신가 보다. 종소리를 들은 사장님이 뛰어나와 나를 발견하고는 표정이나 몸에 서두름이 싹 사라진다. 얼마나 나를 자주 봤으면.

"왔어요?"

하고는 심지어 사장님은, 하던 작업을 조금 매듭짓고 나오려고 뒷걸음치는데

"사장님! 저 오늘 올라가요! 완전히."

"아 그래요?"

그제야 사장님 특유의 너그러운 웃음이 나를 앉혀 나와 몇 마디 나누려고 온다.

"사장님 저, 지금 올라가요. 밖에 택시로 터미널 가는 중이고요."

나는 따라오라는 듯 밖으로 나왔고, 사장님이 나를 따라 나온다. 작은아버지뻘 되시는 사장님께 포옹을 먼저 건넨 나는 택시로 향했다. 서두르는 내 행동을 문 옆에서 가만히 지켜봐 주신다. 마치 경주처럼 - . 긴 오릉 돌담을 이

제 벗어날 무렵 허리 굽은 할머니께서 택시를 잡으려는 손짓 몇 번을 했다. 기사님은 그런 할머니가 안타깝기도 하고 귀여우신지 "할매, 누가 탔니더" 하며 웃으셨다. 길을 대충 되돌아가는 지루함이 앞자리의 창문 조금씩을 연다. 바람은 뒤로 내한테로 다 왔고, 내가 정 떼려는 걸 아는지 바람엔 아무런 냄새가 안 났다. 아무튼 다행이었다. 나는 서울로 가는 터미널에 무사히 도착할 수 있었다.

그 시절   나는

강물이었다

이학준

Hak jun Lee

나를 위한 글쓰기와 당신을 위한 글쓰기,
그 경계선을 넘나들고 싶습니다.

이학준이 독립출판으로 펴낸 작품집 괜찮타, 그쟈
(2015), 동이 틀 때까지(2019)

감상(鑑賞)

느리게 걷는, 그래서 뒤에서 보는 사람

양안다 (시인)

느리게 걷는, 그래서 뒤에서 보는 사람

양안다

　　이학준 작가는 느린 사람이 아닐까 생각했다. 느리다
는 표현은 어디에다 붙여도 무방하겠지만 나는 걸음이
느린 사람을 떠올렸다. 누군가의 뒤를 묵묵히 따라가는
사람, 강물이 흐르는 속도로 걷기 위해 발걸음을 늦추는
사람, 옆 사람의 보폭에 맞춰 함께 걸어주는 사람. 걸음
이 느리기 때문에 그는 길가에서 꽃을 바라보거나 강에
서 학 한 마리를 주의 깊게 살펴볼 줄 아는 작가다. 버스
에서 내리는 마을 사람들에게 애정을 나눠주고, 한쪽 다
리가 불편한 노인을 쉽게 지나치지 않는다. 이 모든 풍경
속에서 그는 항상 뒤에서 있으며 절대 앞질러가지 않는
다.

조심스럽다는 건 배려심에서 출발한다. 동생을 위해 자취방을 열어주는 마음처럼 그는 자신의 영역에 모두를 초대한다. 그곳에서 그는 상처받은 이들을 억지로 위로하려 하지 않는다. 그저 상대의 이야기를 들어주고 함께 아파한다. 만약 누군가에게 넋두리를 늘어놓고 싶다면, 어느 새벽에 강변을 걷고 싶어진다면, 문득 혼자가 된 기분이라면 이 책을 펼쳐 그의 초대장을 받길 바란다. 아마 오래된 친구 한 명과 산책하는 기분으로 페이지를 넘기게 될 것이다. 그리고 책의 마지막 페이지를 덮을 때 우리는 알게 된다. 어떤 배려는 누군가를 치유하기도 한다는 것을.

BYEOL BIT DEUL

별빛들은 기존의 방식과 형식으로부터 자유로우며 독립적으로 활동하는 문학 작가들과 협업, 그들의 작품을 대중들에게 소개하는 문학 출판사입니다.

별빛들은 독립적으로 문학활동하는 작가와의 협업을 통해 '문학'과 '출판'과의 관계를 유연하게 만들고 엄격한 기준과 검열의 과정 없이도 탄생되고 있는 작가의 예술적 가치를 소개하여 문학의 다양화, 출판의 민주화를 유발하려 합니다. 나아가 다양한 영역에서 독립된 자아실현이 이루어지는 우리 사회를 응원합니다.

별빛들 작품선

그 시절 나는 강물이었다

초판 1쇄 발행	2018년 3월 20일
2판 2쇄 발행	2020년 11월 5일

지은이	이학준
펴낸이	이광호
편집	이광호, 김수영
디자인	김수영
검수	이광호, 김수영, 현광섭

펴낸곳	도서출판 별빛들
출판등록	2016년 8월 10일 제 2016-000022호
이메일	lgh120@naver.com

ISBN 979-11-89885-12-0
ISBN 979-11-89885-06-9 (세트)

「이 도서의 국립중앙도서관 출판예정도서목록(CIP)은 서지정보유통지원시스템 홈페이지(http://seoji.nl.go.kr)와 국가자료종합목록 구축시스템(http://kolis-net.nl.go.kr)에서 이용하실 수 있습니다. (CIP제어번호 : CIP2020037555)」